A. 雅各武莱夫（1886—1953）

苏联小说家。生于油漆匠家庭。十月革命前开始文学创作，作品题材多样。曾参加"谢拉皮翁兄弟"文学团体。著有中篇小说《自由民》《十月》《错误》，长篇小说《人和沙漠》《胜利者》《田野里的火光》等。

鲁迅（1881—1936）

原名周樟寿，后改名周树人，浙江绍兴人。著名文学家、思想家，五四新文化运动的重要参与者，中国现代文学的奠基人。鲁迅一生在文学创作、文学批评、文学史研究、翻译等多个领域具有重大贡献。在俄苏文学方面，不仅是评介的倡导者，也是翻译的实践者。代表译作有《死魂灵》《十月》《毁灭》等。

Октябрь.

A. Iakovlev

十月

[苏]A.雅各武莱夫 著

鲁迅 译

俄苏文学经典译著·

长 篇 小 说

Russian

Literature

Classic.

NOVEL

三联书店

图书在版编目（CIP）数据

十月/（苏）A. 雅各武莱夫著；鲁迅译. —北京：生活·读书·新
知三联书店，2018. 11
（俄苏文学经典译著·长篇小说）
ISBN 978 - 7 - 108 - 06412 - 7

Ⅰ．①十⋯　Ⅱ．①A⋯②鲁⋯　Ⅲ．①长篇小说-苏联
Ⅳ．①I512. 45

中国版本图书馆 CIP 数据核字（2018）第 227440 号

责任编辑　王婧娅
封面设计　樱　桃
责任印制　黄雪明
出版发行　生活·讀書·新知　三联书店
　　　　　（北京市东城区美术馆东街 22 号）
邮　　编　100010
印　　刷　常熟市人民印刷有限公司
排　　版　南京前锦排版服务有限公司
版　　次　2018 年 11 月第 1 版
　　　　　2018 年 11 月第 1 次印刷
开　　本　650 毫米×900 毫米　1/16　印张　12
字　　数　134 千字
定　　价　45. 00 元

俄苏文学经典译著

出版说明

　　本丛书是对中国左翼作家所译俄苏文学经典一次系统的整理和展现，所辑各书均为名家名译，这不仅是文献和版本意义上的出版，更是对当时红色文化移植的重新激活。

　　早在1948年生活书店、读书出版社、新知书店合并为生活·读书·新知三联书店前，三家出版社就以引介俄苏经典文学和社会理论图书等为己任。比如1937年生活书店出版托尔斯泰的《安娜·卡列尼娜》，1946年新知书店出版《钢铁是怎样炼成的》。1949年以后，虽然也有出版社对俄苏文学经典进行重译、重编，但难免失去了初始的本色，并且遗失了些许当时出版的有价值的译著；此外，左翼作家的译介因其"著译合一"的特点，在众多译本中，自有其价值；更重要的是，这些文学经典蕴含的对生活的热情、对信仰的坚守、对事业的激情在今天亦鼓动人心，能给每一位真诚活着的人以前行的动力。因此，系统地整理出版左翼作家翻译的俄苏文学经典是必要的。

　　我们在对书稿进行加工时，主要遵循了以下原则：

　　一、本丛书为重排本，由繁体字竖排版改为简体字横排版。

　　二、忠实原作，保持原译语言风格及表现方式；对书中人物及相关译名除必要的规范基本保留。

　　三、原书注释如旧，编者所出的注释，均以"编者注"标明，以示与原书注释的区别。

四、对原书中各种错讹脱衍之处，直接订正。

五、数字只要统一、规范，基本沿用；对标点符号的用法，尽可能做到规范。

六、在不影响原译意的情况下，对个别表述可能有歧义的字句进行必要斟酌处理。

俄苏文学经典译著

总　序

　　生活·读书·新知三联书店推出"俄苏文学经典译著·长篇小说"丛书，意义重大，令人欣喜。

　　这套丛书撷取了 1919 至 1949 年介绍到中国的近 50 种著名的俄苏文学作品。1919 年是中国历史和文化上的一个重要的分水岭，它对于中国俄苏文学译介同样如此，俄苏文学译介自此进入盛期并日益深刻地影响中国。从某种意义上来说，这套丛书的出版既是对"五四"百年的一种独特纪念，也是对中国俄苏文学译介的一个极佳的世纪回眸。

　　丛书收入了普希金、果戈理、屠格涅夫、陀思妥耶夫斯基、托尔斯泰、高尔基、肖洛霍夫、法捷耶夫、奥斯特洛夫斯基、格罗斯曼等著名作家的代表作，深刻反映了俄国社会不同历史时期的面貌，内容精彩纷呈，艺术精湛独到。

　　这些名著的译者名家云集，他们的翻译活动与时代相呼应。20 世纪 20 年代以后，特别是"左联"成立后，中国的革命文学家和进步知识分子成了新文学运动中翻译的主将和领导者，如鲁迅、瞿秋白、耿济之、茅盾、郑振铎等。本丛书的主要译者多为"文学研究会"和"中国左翼作家联盟"的成员，如"左联"成员就有鲁迅、茅盾、沈端先（夏衍）、赵璜（柔石）、丽尼、周立波、周扬、蒋光慈、洪灵菲、姚蓬子、王季愚、杨骚、梅益等；其他译者也均为左翼作家或进步人士，如巴金、曹靖华、罗稷南、高植、陆蠡、李霁野、金人等。这些进步的翻译家不仅是优秀的译者、杰出的作家或学者，同时他们纠正以往译界的不良风气，将翻译事业与中国反帝反封建的斗争结合起来，成为中国新文学运动中的一支重要力量。

这些译者将目光更多地转向了俄苏文学。俄国文学的为社会为人生的主旨得到了同样具有强烈的危机意识和救亡意识，同样将文学看作疗救社会病痛和改造民族灵魂的药方的中国新文学先驱者的认同。茅盾对此这样描述道："我也是和我这一代人同样地被'五四'运动所惊醒了的。我，恐怕也有不少的人像我一样，从魏晋小品、齐梁词赋的梦游世界中，睁圆了眼睛大吃一惊的，是读到了苦苦追求人生意义的 19 世纪的俄罗斯古典文学。"[1]鲁迅写于 1932 年的《祝中俄文字之交》一文则高度评价了俄国古典文学和现代苏联文学所取得的成就："15 年前，被西欧的所谓文明国人看作未开化的俄国，那文学，在世界文坛上，是胜利的；15 年以来，被帝国主义看作恶魔的苏联，那文学，在世界文坛上，是胜利的。这里的所谓'胜利'，是说，以它的内容和技术的杰出，而得到广大的读者，并且给予了读者许多有益的东西。它在中国，也没有出于这例子之外。""那时就知道了俄国文学是我们的导师和朋友。因为从那里面，看见了被压迫者的善良的灵魂，的酸辛，的挣扎，还和 40 年代的作品一同烧起希望，和 60 年代的作品一同感到悲哀。""俄国的作品，渐渐地绍介进中国来了，同时也得到了一部分读者的共鸣，只是传布开去。"鲁迅先生的这些见解可以在中国翻译俄苏文学的历程中得到印证。

中国最初的俄国文学作品译介始于 1872 年，在《中西闻见录》的

---

[1] 茅盾：《契诃夫的时代意义》，载《世界文学》1960 年 1 月号。

创刊号上刊载有丁韪良（美国传教士）译的《俄人寓言》一则。[1] 但是从 1872 年至 1919 年将近半个世纪，俄国文学译介的数量甚少，在当时的外国文学译介总量中所占的比重很小。晚清至民国初年，中国的外国文学译介者的目光大都集中在英法等国文学上，直到"五四"时期才更多地移向了"自出新理"（茅盾语）的俄国文学上来。这一点从译介的数量和质量上可以见到。

首先译作数量大增。"五四"时期，俄国文学作品译介在中国"极一时之盛"的局面开始出现。据《中国新文学大系》（史料·索引卷）不完全统计，1919 年后的八年（1920 年至 1927 年），中国翻译外国文学作品，印成单行本的（不计综合性的集子和理论译著）有 190 种，其中俄国为 69 种（在此期间初版的俄国文学作品实为 83 种，另有许多重版书），大大超过任何一个国家，占总数近五分之二，译介之集中可见一斑。再纵向比较，1900 至 1916 年，俄国文学单行本初版数年均不到 0.9 部，1917 至 1919 年为年均 1.7 部，而此后八年则为年均约十部，虽还不能与其后的年代相比，但已显出大幅度跃升的态势。出版的小说单行本译著有：普希金的《甲必丹之女》（即《上尉的女儿》），陀思妥耶夫斯基的《穷人》《主妇》（即《女房东》），屠格涅夫的《前夜》《父与子》《新时代》（即《处女地》）、托尔斯泰的《婀娜小史》（即《安娜·卡列尼娜》）、《现身说法》（即《童年·少年·青年》）、《复活》，柯罗连科的《玛加尔的梦》和《盲乐师》、路卜洵的《灰色马》、阿尔志跋绥夫的《工人绥惠略夫》等。[2] 在许多综合性的集子中，俄国文学的译作也占重要位置，还有更多的作品散布在各种期刊上。

其次翻译质量提高。辛亥革命前后至"五四"高潮前，中国的俄国

---

[1] 可参见笔者在《二十世纪中俄文学关系》（学林出版社，1998；高等教育出版社，2002）中的相关考证。

[2] 这套丛书中收入了这一时期鲁迅译的阿尔志跋绥夫的《工人绥惠略夫》（商务印书馆，1922）和张亚权、耿济之译的柯罗连科的《盲乐师》（商务印书馆，1926）。

文学译介均为转译本，且多为文言。即使一些"名家名译"，如戢翼翚译的普希罄《俄国情史》（即普希金《上尉的女儿》，1903）、马君武译的托尔斯泰的《心狱》（即《复活》，1914）、林纾和陈家麟合译的托尔斯泰的《罗刹因果录》（收八篇短篇，1915）等，也因受当时译风的影响，对原作进行改动或发挥之处颇多，有的译作几近于演述。1919年以后，译者队伍与译风发生了根本上的变化。一批才气横溢的通俄语的年轻人加入了俄国文学作品翻译的队伍，其中有瞿秋白、耿济之、沈颖、韦素园、曹靖华等。以本套丛书入选译本最多的译者耿济之为例。耿济之早年在俄文专修馆学习，1919年在《新中国》杂志上发表最初的译作，即托尔斯泰的《真幸福》（即《伊略斯》）和《旅客夜谭》（即《克莱采奏鸣曲》）等作品。20年代初期，耿济之又有果戈理的《马车》和《疯人日记》、赫尔岑的《鹊贼》、屠格涅夫的《村之月》、奥斯特洛夫斯基的《雷雨》、托尔斯泰的《家庭幸福》和《黑暗之势力》、契诃夫的《侯爵夫人》等重要译作。此后他一发不可收，数十年间译出了大量的俄国文学名著，是中国早期产量最多和态度最严肃的俄国文学译介者。当然，这时期仍有相当一部分翻译家依然利用其他语种的文字在转译俄国文学作品，如鲁迅、周作人、李霁野、郑振铎、赵景深、郭沫若等。这些译者大多学养深厚，译风严谨。鲁迅在20年代前期和中期译出了阿尔志跋绥夫的《工人绥惠略夫》《幸福》《医生》和《巴什唐之死》、安德列耶夫的《黯淡的烟霭里》和《书籍》、契诃夫的《连翘》、迦尔洵的《一篇很短的传奇》等不少俄国文学作品。尽管是转译，但翻译的水准受到学界好评。

　　20世纪二三十年代，中国文坛开始引进苏俄文学。1931年12月，瞿秋白在给鲁迅的信中谈到：有系统地译介苏联文学名著，"这是中国普罗文学者的重要任务之一"[1]。不少出版社在20年代末相继推出

[1] 瞿秋白：《论翻译》，见《瞿秋白文集》第2卷，人民文学出版社1954年版。

"新俄文学"作品专集。最早出现的是由曹靖华辑译、北平未名社1927年出版的《白茶（苏俄独幕剧集）》一书。而后，鲁迅、叶灵凤、曹靖华、蒋光慈、傅东华、冯雪峰和郭沫若等辑译的各种苏联文学作品集相继问世。这一时期，译出了不少活跃于十月革命前后的苏俄著名作家的作品。比较重要的有：拉夫列尼约夫的《第四十一》、革拉特珂夫的《士敏土》、绥拉菲莫维奇的《铁流》、法捷耶夫的《毁灭》、聂维罗夫的《不走正路的安得伦》、雅科夫列夫的《十月》、伊凡诺夫的《铁甲列车Nr. 14-6》、富曼诺夫的《夏伯阳》、肖洛霍夫的《静静的顿河》（前两部）和《被开垦的处女地》、奥斯特洛夫斯基的长篇小说《钢铁是怎样炼成的》、诺维科夫-普里波伊的《对马》、马雅可夫斯基的诗集《呐喊》、爱伦堡等人的报告文学集《在特鲁厄尔前线》和阿·托尔斯泰的剧本《丹东之死》等。

这一时期，作品被译得最多的作家是高尔基。最早出现的是宋桂煌从英文转译的《高尔基小说集》（上海民智书局，1928）。这部小说集中载有《二十六个男和一女》和《拆尔卡士》（即《切尔卡什》）等五篇作品。最早出现的单行本是沈端先（即夏衍）从日文转译的高尔基的《母亲》。[1] 30年代中国出版的有关高尔基的文集、选集和各种单行本更多，总数达57种，如鲁迅编的《戈里基文录》、瞿秋白译的《高尔基创作选集》、黄源编译的《高尔基代表作》、周天民等编选的《高尔基选集》（六卷）等。此外问世的还有：鲁迅等译的短篇集《恶魔》和《俄罗斯的童话》、史铁儿（即瞿秋白）译的《不平常的故事》、巴金译的短篇集《草原故事》、丽尼译的《天蓝的生活》、钱谦吾（即阿英）译的《劳动的音乐》、蓬子译的《我的童年》、王季愚译的《在人间》、杜畏之等译的《我的大学》、何素文译的《夏天》、何妨译的《忏悔》、罗稷南译的《四十年间》、赵璜（即柔石）译的《颓废》（即《阿尔达莫诺夫家

---

[1] 该书1929年由上海大江书铺出版第一部，次年出版第二部。

的事业》)、钟石韦译的《三人》、李谊译的《夜店》(即《底层》)和贺知远译的《太阳的孩子们》等。

进入 20 世纪 40 年代,由于苏德战争和太平洋战争的爆发,中国文坛把自己的目光转向了苏联卫国战争文学。1942 年在上海创刊(1949年终刊)的《苏联文艺》发表的各类作品的总字数达六百多万字,其中大部分是反映苏联卫国战争的文学作品。此外,仅就单行本而言,各出版社出版或重版的此类书籍的数量有百余种之多。这些作品极大地鼓舞了中国人民反抗外族入侵和黑暗统治的斗志。也许今天的人们已经淡忘了它们,有些作品从艺术上看似乎也有些逊色。但是,其中经受住了历史检验的优秀之作,仍值得我们珍视。这一时期,苏联其他一些文学作品也有译介。值得一提的有:肖洛霍夫的《静静的顿河》(全译本)、叶赛宁、勃洛克和马雅可夫斯基合集的《苏联三大诗人代表作》、阿·托尔斯泰的《苦难的历程》和《彼得大帝》、费定的《城与年》、奥斯特洛夫斯基的《暴风雨所诞生的》、潘诺娃的《旅伴》、克雷莫夫的《油船德宾特号》、波列伏依的《真正的人》、卡达耶夫的《时间呀!前进》、列昂诺夫的《索溪》、冈察尔的《旗手》(第一部)、包戈廷的剧本《带枪的人》《苏联名作家专集》(共五辑)等。其中不少名著在这一时期初次被译成中文。可以说,至 20 世纪 40 年代末,苏联重要的主流文学作品译介得已相当全面。

1919 年以后的 30 年间,译介到中国的俄苏文学作品产生了巨大的影响。钱谷融教授曾经生动地描述过抗战时期他随学校迁至四川偏远小城,在那里迷上俄国文学的一些情景。他还表示自己"是喝着俄国文学的乳汁而成长的","俄国文学对我的影响不仅仅是在文学方面,它深入到我的血液和骨髓里,我观照万事万物的眼光识力,乃至我的整个心灵,都与俄国文学对我的陶冶薰育之功不可分。我已不记得最先接触到的俄国文学名著是哪一本了,总之是一接到它就立即把我深深地吸引住了,使我如醉如痴,使我废寝忘食。尽管只要是真正的名著,不管它是英、美的，法国的，德国的，还是其他国家的，都能吸引我，都能使我迷醉。但是论其作品数量之多，吸引我的程度之深，则无论哪一国的文学，都比不上俄国文学"。这样的感受和评价在那一时代的知识分子中并不罕见。

由于社会的、历史的和文学的因素使然，中国知识分子（特别是左翼知识分子）强烈地认同俄苏文化中蕴含着的鲜明的民主意识、人道精神和历史使命感。红色中国对俄苏文化表现出空前的热情，俄罗斯优秀的音乐、绘画、舞蹈和文学作品曾风靡整个中国，深刻地影响了几代中国人精神上的成长。除了俄罗斯本土以外，中国读者和观众对俄苏文化的熟悉程度举世无双。在高举斗争旗帜的年代，这种外来文化不仅培育了人们的理想主义的情怀，而且也给予了我们当时的文化所缺乏的那种生活气息和人情味。因此，尽管中俄（苏）两国之间的国家关系几经曲折，但是俄苏文化的影响力却历久而不衰。

在中国译介俄苏文学的漫漫长途中，除了翻译家们所做出的杰出贡献外，还有无数的出版人为此付出了艰辛的努力，甚至冒了巨大的风险。在俄苏文学经典的译著中，我们常常可以看到商务印书馆、中华书局、开明书店、文化生活出版社等出版社的名字，也常常可以看到三联书店的前身生活书店、读书出版社、新知书店的名字。这套丛书中就有：生活书店1936年出版的、由周立波翻译的肖洛霍夫的小说《被开垦的处女地》，生活书店1936年出版的、由王季愚翻译的高尔基的小说《在人间》，生活书店1937年出版的、由周扬和罗稷南翻译的列夫·托尔斯泰的小说《安娜·卡列尼娜》，新知书店1937年出版的、由梅益翻译的普里波伊的小说《对马》，读书出版社1943年出版的、由王语今翻译的奥斯特洛夫斯基的小说《从暴风雨里所诞生的》，新知书店1946年出版的、由梅益翻译的奥斯特洛夫斯基的小说《钢铁是怎样炼成的》，生活书店1948年出版的、由罗稷南翻译的高尔基小说《克里·萨木金的一生：四十年间》。熠熠生辉的名家名译，这是现代出版界在中国文化发展史上写就的不可磨灭的一笔。这套丛书的出版也是三联书店文脉传承的写照。

　　尽管由于时代的发展，文字的变迁，丛书中某些译本的表述方式或者人物译名会与当下有所差异，但是这些出自名家之手的早期译本有着独特的价值。名译与名著的辉映，使经典具有了恒久的魅力。相信如今的读者也能从那些原汁原味的译著中品味名著与译家的风采，汲取有益的养料。

陈建华

2018 年 7 月于沪上西郊夏州花园

目 录

作者自传

　　我于一八八六年十一月二十三日，生在赛拉妥夫（Saratov）县的伏力斯克（Volsk）。父亲是油漆匠。父家的我的一切亲属，是种地的，伯爵渥尔罗夫·大辟陀夫（Orlov Davidov）的先前的农奴，母家的那些，则是伏尔加（Volga）河畔的船伙。我的长辈的亲戚，没有一个识得文字的。所有亲戚之中，只有我的母亲和外祖父，能读教会用的斯拉夫语的书。然而他们也不会写字。将进小学校去的时候，我已经自己在教父亲看书、写字了。

　　当我幼小时候，所看见的，是教士、灯、严紧的断食、香、皮面子很厚很厚的书——这书，我的母亲常在几乎要哭了出来的看着。十岁时候，自己练习看书，几年之中，看的全是些故事、圣贤的传记，以及写着强盗、魔女和林妖的本子——这些是我爱读的书。

　　想做神圣的隐士。在十二年[1]，我便遁进沛尔密（Permi）的

---

[1] 一九一二年，下仿此例。

林中去。也走了几千威尔斯忒[1]（一直到喀山县），然而苦于饥饿和跋涉，回来了。但这时，我也空想着去做强盗。

又是书——古典的，旅行，还有修学时代（在市立学校里）。

从十五年起，是独立生活。一年之间，在略山·乌拉尔（Riazani Ural）铁路的电报局，后来是在伏力斯克的邮政局里做局员。这时候，读了屠格涅夫（Turgeniev）的《父与子》和《牛蒡只是生长》……于是生活都遭顿挫了。因为遇到了信仰完全失掉那样的大破绽。来了异常苦恼的时代："哪里才有意义呢？"然而一九〇五年[2]闹了起来。"这里有意义和使命。"入了 S. R.[3] 急进派。六年间——是发疯的锁索[4]。

然而奇怪：这几年学得很多。去做实务学校的听讲生，于是进了彼得堡大学的历史博言科，倾心听着什令斯基（Zelinski）、罗式斯基（Losski）、文该罗夫（Vengerov）、彼得罗夫（Petrov）、萨摩丁（Zamotin）、安特略诺夫（Andrianov）等人的崇高而人道主义的讲义，后来就袋子里藏着手枪，我们聚集起来，空想着革命之后的乐土，向涅夫斯基（Nevski）的关口，那工人们所在之处去了。而这也并非只是空想。

时候到了：西伯利亚去。在托皤里斯克县（Tobolsk）一年。密林。寂静。孤独。思索。不将革命来当我的宗教了。

又到彼得堡，进大学。但往事都如影子，痕迹也不剩了。

---

[1] 俄里名。一 verst 约中国三百五十丈。
[2] 这年有日俄战争后的革命。
[3] 社会革命党。
[4] 大约是指下狱或监视。

我怕被捕。向高加索去了，然而在那边的格罗士努易
(Groznui)，已经等着追蹑者。僻县的牢狱，死罪犯，夜夜听到的
契契尼亚人的哀歌。人们从许多情节上，在摘发我的罪。我怕了，
他们知道着这些事么，那么此后就只有绞架了。幸呢还是不幸呢，
他们并不知道。

过了半年，被用囚人列车送到波士妥夫·那·顿（Postov-na-
Don）去，在巡警的监视之下的五年。

主显节——是晴朗，烈寒，明晃晃——这天，将我放出街上
了，但我的衣袋里，只有一个波勒丁涅克[1]，虽然得了释放，在
狱里却已经受了损伤。我不知道高兴好呢，还是哭好。然而几乎
素不相识的人，帮了我了。

于是用功，外县的报纸《乌得罗·有迦》（*Utro Ioga*）的
同人。

一九一四年八月，自往战线，作为卫生队员。徒步而随军队之
后一年，一九一五年三月（在什拉尔陀伏附近）的早晨，看见莺儿
在树上高声歌唱——大约就在那时，俄罗斯兵约二万，几乎被（初
次使用的）德国的毒瓦斯所毒死了。

于是战争便如一种主题一样，带着悲痛，坐在我的灵魂中。

此后，是莫斯科。《乌得罗·露西》（*Utro Rossi*）[2]。写了很
多。也给日报和小杂志做短篇小说。但在这些作品上，都不加以任
何的意义。

---

[1] 钱币名，约值五角。
[2] 日报名，这里是犹言在这报馆里做事。

4

一九一七年的三月[1]。于是十月[2]。从一九一八至一九年间的冬天，日夜不离毛皮靴、皮外套、阔边帽地过活。因为肚饿，手脚都肿了起来。两个和我最亲近的人死掉了。到来了可怕的孤独。

绝望的数年。哪里去呢？做什么呢？不是发狂，就是死掉，或者将自己拿在手里，听凭一切都来绝缘。文学救了我，创作起来了。现在是很认真。一到夏（每夏），就跋涉于俄罗斯，加以凝视。在看被抛弃了的俄罗斯，在看被抬起来的俄罗斯。

而且，似乎俄罗斯，人，人性，是成就我的新宗教。

亚历山大·雅各武莱夫

---

[1] 俄国第一回大革命之月。
[2] 第二回大革命之月，即本书所描写的。

莫斯科闹了起来

当母亲叫起华西理来的时候，周围还是昏暗的。她弯了腰俯在睡着的儿子的上面，摇他的肩，一面亢奋得气促，用尖锐的声音叫道：

"快起来吧！在开枪哩！"

华西理吃了惊，起来了，坐在床上。

"说什么？"

"我说，在开枪呀，布尔什维克在开枪啊……"

母亲身穿温暖的短袄，用灰色的头巾包着头发，站在床前。在那手里，有一只到市场去时一定带去的空篮子。

"你就像羊儿见了新门似的发呆，没有懂吗？凡涅昨晚上没有回家来，不知道可能没事。唉，你，上帝啊！"

母亲的脸上忽然打皱，痉挛着，似乎即刻就要哭了。但是熬着，又尖利地唠叨起来：

"讨厌的人们呀，还叫作革命家哩！赶出了皇帝，这回是自己同志们动手打架，大家敲脑袋了。这样的家伙，统统用鞭子来抽一通才好。今天是面包也没有给。看吧，我什么也没有带回来。"

她说着，便提起空篮来塞在儿子的面前。

华西理骤然清楚了。

"原来！"华西理拖长了语音，便即穿起衣服来，将外套披在肩膀上。

"你哪里去呀，糊涂虫？"母亲愁起来了，"一个是连夜不回来，你又想爬出去了？真是好儿子……你哪里去？"

但华西理并不回答，就是那样——也不洗脸，也不掠掠头发，头里模模糊糊——飘然走到外面去了。

天上锁着烟一般的云，是阴晦的日子，门旁站着靴匠罗皮黎。他是"耶司排司"这诨名的主子，和华西理家并排住着的。邻近人家的旁边，聚着人山，街上是群众挤得黑压压的。

"哪，华西理·那札力支，布尔什维克起事了呀。"耶司排司在板脸上浮着微笑，来招呼华西理说，"听哪，不在砰砰吗？"

华西理耸着耳朵听。他听得仿佛就在近边射击似的，也在远处隐约地响。

"那是什么呀，放的是枪吧？"他问。

耶司排司点头给他看。

"枪呀，半夜里砰砰放起来的。所以流血成河，积尸如山呀，了不得了，华西理·那札力支。"

长身曲背，唇须的两端快到肩头，穿着过膝的上衣的耶司排司的模样，简直像一个加了两条腿的不等样的吓鸦草人。和他一说话，无论谁——熟人也好，生人也好——一定要发笑：耶司排司是滑稽的人。自己也笑，也使别人笑，但现在却不是发笑的时候了。

"喂，华西理·那札力支？这究竟是怎么一回事呢？不是兄弟交锋吗？唉，蝇子咬的……"

华西理正在倾听着枪声，没有回答。

射击并无间断，掩在朝雾中的市街，充满了骇人的声音。

"噼啪……啪……呼呼……"在望得见的远处的人家后面发响。

"莫斯科阿妈闹起来了！本是蜂儿嗡嗡、野兽嗥叫一般的，现在却动了雷了，简直好像伊里亚[1]在德威尔斯克大街[2]动弹起来似的了。"耶司排司从横街的远处的屋顶上，望着莫斯科的天空，发出低声，用了深沉的调子说，"我们在这里，不要紧，要不然，现在就是夹在交叉火线中间哩。"

在街上，在桥那里，而不是步道上，华西理的熟人隆支·里沙夫跑过了。这人原先是贫农，是铁匠，是坏脾气的粗暴的蠢材。

"你们为什么呆站着的？那边发枪呀。我打下士们去。"他且跑且喊，鸟的翅子似的挥着两手，转过横街角，消失在默默地站着的群众那面了。

"这小子！"耶司排司愤然，絮叨地说，"'打下士们去'……狗嘴……你明白什么缘故吗？这时候，连聪明人也糊涂，这小子的前

---

[1] 伊里亚·罗谟美兹，古代史诗中的大勇士。
[2] 莫斯科的冲要处所。

途，可是漆黑哩。"

华西理立刻悟到，连里沙夫那样酗酒的呆子，也去领枪械，可见前几天闹嚷嚷的街头演说，布尔什维克的宣传一定将反响给了民众了。

"那么，我们也动手吧。"他心里想，不觉挺直了身子，笑着转向铁匠那面，说道：

"哪，库慈玛·华西理支，同去吧！"

"哪里去？"耶司排司吃了一惊。

"那边去，和布尔什维克打仗去。"华西理说，指着市街那边。

靴匠愕然地看着华西理的脸。

"说什么？……同我？……后来再去……连你……还是不去吧。"

"为什么呢？"华西理问道。

"事情重大了呀。打去也是，被打也是，但紧要的是……"耶司排司没有说完，便住了口，顺下眼睛去，用不安的指尖摸着胡须。

"紧要的是什么？"

"紧要的，是真的真理呀……没有人知道。你们的演说我也听过了……谁都说是有真理，其实呢，谁也没有的。真理究竟在哪里？我还没有懂得真的真理，哪能去打活的人呢？这些处所你可想过了没有？"

靴匠凝视着华西理的眼。

"去打即使是好的……但一不小心，也许会成了反抗真理的哩，对不对？"

"唉，你还在讲古老话。流氓爬出洞来了，何尝是真理呀！抛下你这样的真理吧！"华西理不耐地挥一挥手，赶快离开门边，回到家里去了。

过了五分钟，带着皮手套、衣服整然的他，就从大门跑出，跟着也跑出了他的母亲。

"要回来的呀，一定！回来呀！"她大声叫道。

然而华西理并不回答，也不回头，粗暴地拉开耳门，又关上了。

"去吗?"还站在门旁的耶司排司问。

"自然去。"华西理冷冷地回答着，向动物园那边，从横街跑向听到枪声的市街去了。

布尔乔亚已经哑门了

　　普列思那这街道上，已经塞满了人。直到街角、步道、车路上，都是群集。电车不通了，马车和摩托车也销声匿迹，街上是好像大典日子一般的肃静。而从市街的中央，从库特林广场的那边，则没有间断地听到隐隐约约的枪声。

　　紧张着的群众，发小声互相私语，用了仿佛还未从噩梦全醒似的恍惚的没有理解力的眼色，眺望着远处。

　　穿着黑色防寒靴和灰色防寒外套的一个老女人，向着半隐在晓雾里面的教堂的钟楼那边，划着十字，大声说给人们听到：

　　"主啊，不要转过脸去，赐给慈悲吧……主啊，请息你的愤怒吧……"

　　华西理简直像被赶一般，奔向市的中央去。

他飞跑，要从速参加战斗——将疯狂的计划杀人的那些东西，打成畜粉。他因为飞跑，身子发抖了，但步伐还很稳，大摆着两手，橐橐地响着靴后跟，挺起胸脯，进向前面。异样地担心，恐怕来不及，这担心，就赶得他着忙。

在动物园的后面，这才看见了负伤者。还很年轻的蔷薇色面庞的看护妇，将头上缚着绷带的一个工人载在马车上，运往医学校那边去。那绷带上渗着血，绷带上面是乱发蓬松的样子，恰如戴着红白带子做成的首饰的派普亚斯土人的头。工人的脸是灰色的，嘴唇因为难堪的苦痛，歪斜着。

到库特林广场来一看，往市中央去的全是工人或青年，从那边来的是服装颇像样的男女，有抱孩子的，有背包裹的。他们的脸都苍白色，仿佛被逐一般，慌慌张张地走，躲在街角上休息一下，便又跑向市街的尽头那一面去了。一个头戴羊皮帽、身穿缀着大黑扣子的外套的中年的胖女人，跨开细步在车路上跑，不断地划着十字。

"啊唷，爸爸，主子耶稣……啊唷，亲生爹妈！……"她用可怜的颓唐的声音，呻吟着村妇似的口调。

这女人的两颊在发抖，从帽边下，挤着半白的发根的短毛。剪短了胡子的一个高大的男人，背着大的白包裹，和他并排是脸色铁青的年轻女子，两手抱着哭喊的孩子，跑来了。在街角上，群集中的一个发问道：

"怎样？那边怎样？"

"在抢呀，驱逐出屋呀，我们就被赶出来的。什么都要弄得精光的。"他并不停脚，快口地回答说。

群集中间，孩子们在哭。那可怜的无靠的哭声，令人愈加觉得在预告那袭来的雷雨之可怕。华西理的喉咙忽然发咸，眼睛也作痒。他捏着拳头，大踏步进向市的中央去。快去啊，快去啊！

起了枪声，那接近和尖锐，使他惊骇。是在尼启德大广场和亚尔巴德附近，射击起来了。已经很近，大概就在那些人家的后面吧。

华西理想一径走往骑马练习所[1]那面去，但在尼启德门那里，有一队上了刺刀的兵士塞着路，不准通行。

"不要走近去。不要过去，那边去吧……"一个生着稀疏的黄胡子的短小的兵，用了命令式的语调大声说。这兵是显着顽固的不够聪明的脸相的。

兵的旁边聚着群众，也像普列思那街的人们一样，是惶惶然，倾听枪声，一声不响，无法可想，呆头呆脑的人们。

华西理站住了。向那里走呢？还是绕过去呢？……他一面想着，忽然去倾听兵们的话了。

"布尔乔亚已经哑门了。[2]统统收拾掉。"一个士兵将步枪从这肩换到那肩，自负地说，"智识阶级一向随意霸占，什么也不肯给我们。现在，我们来将那些小子……"

兵士怒骂着。

"那么，你们要怎样呢？"帽檐低到垂眉，手里拿杖的白须老

---

[1] 在克里姆林附近。

[2] Bourgeois 现在的意义为"有产者"。Amen 本是希伯来语的赞叹词，意云"的确"或"真的"，基督教徒用于祈祷收场时，故在这里作"完结"解。

人问。

"我们？我们要都给工人……我们现在有力量。"

"你们也许有力量，然而暴力要灭掉智慧的啊，愚人从来是向贤人举手的，这一定。"老人含着怒气说。

群众里起了笑声。老人用黄的手杖敲着车路，还在说下去：

"你们还是用脚后跟想事情的青年人，即使你是布尔什维克吧……上帝造了仿照自己的模样的人，但布尔什维克的你们，却是照了犹大[1]的模样来造的，是的……"

兵士愤然转过脸去，老人向群众叫了起来：

"都是卖国贼，没有议论的余地的。是用了德国的钱在做事呀。德国人用了金的子弹在射击，金的子弹是绝不会打不中的。'黄金比热铁，更易化人心'这老话头，是不错的。现在呢，是德国的钱走进了莫斯科阿妈这里，在灭亡俄国的精神了。一看现状，不就明白？……"

红胡子的兵士又走近老人去，似乎想说什么话，但中途在邻近的横街里起了枪声，这就像信号似的，立刻向四面的街道行了一齐射击。这瞬间，市街仿佛是发狂了，令人觉得当下便会有怪物从什么角落里跳了出来，也许在眼前杀掉人类。

不知道是谁，粗野地短促地喊了一声：

"唉！"

心惊胆战的群众，便沿着房子的墙壁走散，躲在曲角里、凹角后、大门边，遍身在发抖。兵们将身体紧贴着墙，神经质地横捏了

----

[1] 耶稣的门徒，而卖耶稣者。

步枪，在防卫自己，并且准备射击敌人。被群众的恐怖心所驱遣的华西理，也钻进一家小店的地窖去，那里面已经填满了人……

然而枪声突然开始，又突然停止了。从各处的角落里，又爬出吓得还在慌慌张张的人们来。于是那短小的兵便到街中央去，放开喉咙大叫道：

"喂，走，都退开！快走！要开枪了！"

他将枪靠在肩上向空中射击了。接着又放了两三响。

群众又沿着墙壁散走，四顾着，掩藏着，跑走了。

华西理心里郁勃起来。他看见那放枪的兵连脚趾尖都在发抖，单靠着叫喊和开枪，来卖弄他的胆子。他想，给这样的小子吃一枪，倒也许是很好玩的。

但他知道了从这里不能走到市中央去，华西理便顺着列树路，绕将过去了。

在街头相遇

过了早晨已经不少时光了，周围还昏暗，天空遮满着沉重的灰色的云，冷了起来。在列树路的叶子凋落了的晚秋的菩提树下和思德拉司忒广场上，满是人。群众是或在这边聚成一堆，或在那边坐在长椅上，倾听着市街中央所起的枪声，推测它是出于哪里的，并且发议论。思德拉司忒广场中，密集着兵士，将德威尔斯克街的通路阻塞，这街可通到总督衙门去，现在是布尔什维克支队的本营。

满载着武装兵士的几辆摩托车，从哈陀因加那方面驶过来了。但远远望去，那摩托车就好像插着奇花异草的大花瓶，火焰似的旗子在车上飞扬，旗的周围林立着上了刺刀的枪支，灰色衣的兵士、黑色衣的工人，都从两肩交叉地挂着机关枪的弹药带。

摩托车后面，跟着一队兵士和红军，队伍各式各样，或是密集着，或是散列着走。红军的多数，是穿着不干净的劳动服的青年，系了新的军用皮带，带上挂一只装着子弹的麻袋。这些人们都背不惯枪，亢奋着，而时不时从这肩换到那肩，每一换，就回头向后面看。

华西理杂入那站在两旁步道上的群众里，皱着眉，旁观他们。

他们排成了黑色和灰色的长串前行，然而好像屈从着谁的意志似的，既不沉着，也没有自信。一到特密德里·萨陀文斯基教堂附近的角上，便站住，大约有五十人模样，聚作一团。那将大黑帽一直拉到耳边、步枪在头上摇摆、灰色的麻袋挂在前面的他们的样子，实在颇滑稽，而且战斗的意志也未必坚决，所以举动就很迟疑了。

他们望着布尔什维克聚集之处，并且听到枪声的总督衙门那边，似乎在等候着什么事。

"为什么站住了？快去！"一个兵向他们吆喝着，走了过去。"怕了吗？在这里干吗呀？"

工人们吃了一惊，又怯怯地跟着兵们走动起来，但紧靠着旁边，顺着人家的墙壁，很客气地分开了填塞步道的群众，向前进行。

华西理是用了轻蔑的眼睛在看他们的，但骤然浑身发抖。这是因为在红军里，看见了邻居机织女工的儿子亚庚——仅仅十六岁的跟跟跄跄的小孩子在里面。

亚庚身穿口袋快破了的发红的外套，脚蹬破烂的长靴，戴着圆锥形的灰色帽子，显着呆头呆脑的态度，向那边去。肩上是枪，带上是挂着弹药袋。华西理疑心自己的眼睛了，错愕了一下。

"亚庚，你哪里去？"他厉声问。

亚庚立刻回头，在群众中寻觅叫他的声音的主子，因为看见了华西理，便高兴地摇摇头。

"那边去！"他一手遥指着德威尔斯克街的大路，"我们都去。早上去了一百来个，现在是剩下的去了。你为什么不拿枪呀？"

他说着，不等回答，便跑上前，赶他的同伴去了。华西理沉默着，目送着亚庚。亚庚小心地分开了群众，从步道上进行，不多久，那跟跄的粗鲁的影子，便消失在黑压压的人堆里面了。

华西理这一惊非同小可。

"这真奇怪不？亚庚？……成了布尔什维克了？……拿着枪？"他一面想到自己，疑惑起来，"那么，我也得向这小子开枪吗？"

华西理像是从头到脚浇了冷水一般发起抖来，用了想要看懂什么似的眼光，看着群众。是亚庚的好朋友，又是保护人的自己，现在却应该用枪口相向，这总是一个矛盾，说不过去的。于是华西理很兴奋，将支持不住的身子，靠在墙壁上。

亚庚，是易受运动的活泼的孩子。半月以前，他还是一个社会革命党员，每有集会，还是为党舌战了的，然而现在却挂着弹药袋，肩着枪，帮着布尔什维克，要驱逐社会革命党员了。华西理苦思焦虑，想追上亚庚，拉他回来。但是怎么拉回来呢？到底是拉不回来的。

华西理全身感到恶寒，将身子紧靠了墙壁。

他原是用了新的眼睛，在看那些赴战的兵士和工人们的，但现在精细地来鉴别那一群人的底子，却多是向来一同做事的人们。

"都是糊涂虫！都是混账东西！"华西理于是切齿骂了起来。

他仍如早上所感一样，以为这些人们很可恶，然而和这同时，也觉得自己的决心有些动摇了。

"和那些人们对刀？相杀？这究竟算是为什么呢？"

远远地听到歌声，于是从修道院（在思德拉司忒广场的）后面，有武装的工人大约一百名的一团出现。他们整然成列，高唱着"一齐开步，同志们"的歌，前面扬着红旗前进。那旗手，是高大的、漆黑的胡子蓬松的工人，身穿磨损了的草制立领服。跟着他的是每列八人前进，都背步枪，枪柄在头上参差摆动。

站在广场四角上的兵士和红军，看见这一队工人，便喊起"乌拉"来欢迎：

"乌拉，同志们！乌拉！……"

他们摇帽子，高擎了枪支，勇敢地将这挥动……战斗的鼓噪弥漫了广场。站在步道上的群众，怕得向旁边闪避，工人和兵士便并列着从街道前进，以向战场。于是又起了歌声：

一齐开步，同志们……

华西理脸色青白，靠在擦靴人的小屋旁的壁上。这歌和那呐喊，堂堂的队伍，枪声，他的心情颠倒了，觉得好像有一种东西，虽然不明白是什么，但是罩在头上了。

"那就是布尔什维克吗？真是的？"

不然不然，并不是什么布尔什维克。那些都是随便、懒惰、顶爱赌博和酒的工人们，急于捣乱，所以跑去的……那一流，是摘读

《珂贝克》[1] 的俄罗斯的无产者。

然而，这没有智识的无产者，却前去决定俄罗斯的命运……呸，这真真气死人了！……

但怎样才能拉住这无产者呢？开枪吗？总得杀吗？……

连那小孩子亚庚，竟也一同前进……

华西理几乎要大叫起来。

工人们有时胆怯，有时胆壮，有时唱歌，继续着前进。华西理觉得仿佛在雾里彷徨着，在看他们。

骇愕而无法遣闷的他，站在群集里许多时，于是走过列树路，颓然坐在修道院壁下的板椅上。他的头发热，两手颤得心烦，觉得很疲乏，颞颥一阵一阵地作痛。

突然在他顶上，修道院塔的大时钟敲打起来了。那音响，恰如徘徊在浓雾的秋夜的天空里，交鸣着的候鸟的声音，又凄凉，又哀惨。华西理一听这，便重新感到了近于绝望的深愁。

"那么，以后怎么办呢？"他自己问自己。

这时从对面的屋后面，噼噼啪啪发出枪声来……

华西理化了石似的凝视着地面，交叉两腕，无法可想，坐在椅子上。他所明白的，只有一件事，就是，向着曾经庇护同志而现在却要破坏故乡都会的不懂事的亚庚开枪，是不能够的。

战斗更加猛烈了……为什么而战的？总是说，为真理而战的吧。但谁知道那真理呢？

将近正午，从郊外的什么地方开始了炮击，那声音在莫斯科全

---

[1] *Kopeika*，工人所看的便宜的低级报纸。

市上，好像雷鸣一般。受惊的鸦群发着锐叫，从修道院的屋顶霍然飞起，空中是鸽子团团地飞翔。市街动摇了，载着兵士和武装工人的摩托车，疾驰得更起劲，红军几乎是开着快步前行。但群集却沉静下去，人数逐渐减少了。

华西理再到了思德拉司式广场，然而很疲乏，成了现在是无论市中的骚乱到怎样，也不再管的心情了。

他站了一会儿，看着来来往往的群众，于是并无定向，就在列树路上走。他连自己也觉得悔恨……多年准备着政争，也曾等候，也曾焦急，也曾热衷，然而一到决定胜负的时机来到眼前的时候，却将这失掉了。

昨天和哥哥伊凡谈论之际，他说，凡有帮助布尔什维克的扰乱的人们，只是狂热者、小偷和呆子这三种类，所以即使打杀，也不要紧的。

"我连眼也不眨，打杀他们。"伊凡坦然说。

"我也不饶放的。"华西理也赞成了他哥哥的话，于是说道。

但现在想起这话来，羞得胸脯发冷，心脏一下子收缩了。

群众还聚在列树路上发议论。华西理走到德卢勃那广场，从这里转弯，经过横街，到了正在交战的亚呵德尼·略特。[1]他现在不过被莫明其妙的好奇心驱使罢了。

从列树路渐渐接近市的中央去，街道也愈显得幽静怕人。身穿破衣服的孩子的群，跑过十字路，贴在角角落落里。一看，门边和屋角多站着拿枪的兵士，注视着街道这边。这一天，是阴晦的灰色的天气，低垂的云，在空中徐行。

---

[1] 莫斯科有名的市场，克里姆林宫附近的四通八达之处。

　　在亚呵德尼·略特，枪声接连不断。战斗的叫喊，侵袭街道的恐慌情景，从凸角到凸角，从横街到横街，翩然跳过去的人们的姿态，都将活气灌进了华西理的心中。

　　他不知不觉地昂奋起来，又像早上一样，想闯进枪声在响的地方去了。

　　周围的物象——无论人家、街道，且至于连天空上，都映着异样的影子。这是平日熟识的街，但却不像那街了。并排的人家，车路和步道、店铺，本是华西理幼年时代以来的旧相识，然而仿佛已经完全两样。街道是寂静的，却是吓人的静。在那厚的墙壁的后面，挂着帷幔的窗户的深处，丧魂失魄的人们在发抖，想免于突然的死亡。在森严的街道上，也笼着魇人的噩梦一般的、难以言语形容的一种情景。好像一切店铺、一切人家，都迫于死亡和杀戮，便变了模样似的。

　　华西理从墙壁的这凸角跳到那凸角，弯着身子，循着壁沿，走到了亚呵德尼·略特的一隅，在此趁着好机会，横过大路，躲到木造的小杂货店后面了。

　　战斗就在这附近。

万国旅馆附近的战斗

　　小杂货店后面，躲着卖晚报的破衣服孩子、浮浪人、从学校的归途中挟着书本逃进这里来的中学生等。每一射击，他们便伏在地面上，或躲进箱后面，或将身子嵌在两店之间的狭缝中，然而枪声一歇，就如小鼠一样，又惴惴地伸出头来，因为想看骇人的情形，眼光灼灼地去望市街的大路了。

　　从德威尔斯克和亚呵德尼·略特转角的高大的红墙房子里，有人开了枪。这房子的楼上是病院，下面是干货店，从玻璃窗间可以望见闪闪的金属制的柜台和轧碎咖啡的器械，但陈列窗的大玻璃，已被枪弹打通，电光形地开着裂。楼上的病院的各窗中，则闪烁着兵士和工人，时而从窗沿弯出身子来，担心地俯瞰着大路。

　　"啊呀，对面有士官候补生们来了！"在华西理旁边的孩子，指着莫斯科大学那面，叫了起来。

"在哪里？是哪些？顺着墙壁来的那些？"

"哪，那边，你看不见？从对面来了呀！"

"但你不要指点。如果他们疑心是信号，就要开枪的。"一个酒喝得满脸青肿了的浮浪人，制止孩子说。

孩子们从小店后面伸出头去，华西理也向士官候补生所来的那方面凝视。从大学近旁起，沿着摩呵伐耶街，穿灰色外套、横捏步枪的一团，相连续如长蛇。他们将身子靠着壁，蹲得很低，环顾周围，慢慢地前进，数目大概不到二十人，然而后面跟着一团捏枪轻步的大学生。

"啊，就要开手了！"华西理想，"士官候补生很少，大学生多着哩。啊呀啊呀……"

在红房子里，兵士和工人忽然喧扰起来了，这是因为看见了进逼的敌人的缘故。一个戴着蓝帽子的青年的工人，从这屋子的大门直上的窗间，伸出脸来，向士官候补生们走来的那面眺望，将枪重新摆好，使它易于射击。别的人们是隐在厚的墙壁后面，都聚向接近街角的窗边。华西理的心脏跳得很响，两手发冷，自己想道：

"就要开头了！"

"啪！"这时不知哪里开了一枪。

从窗间，从街上，就一齐应战。

石灰从红房子上被打了下来，落在步道上，尘埃在墙壁周围腾起，好像轻烟，窗玻璃发了哀音在叫喊。孩子们惊扰着躲到小店之间和箱后面去，华西理是紧贴在暗的拐角的壁上。有谁跑过市场的大街去了，靴声橐橐地很响亮。

华西理再望向外面的时候，红房子的窗间已没有人影子，只有蓝帽的青年工人还在窗口，环顾周围，向一个方向瞄准。

灰色外套的士官候补生们和蓝色的大学生们，猫一般放轻脚步，走近街角来。一队刚走近时，华西理一看，是缀着金色肩章的将校站在前面的，他还很年轻，身穿精制的长外套，头戴漂亮的军帽。他的左手戴着手套，但捏着枪身的雪白的露出的右手，却在微微发抖。终于这将校弯了头颈，眺望过红屋子，突然现身前进了。蓝帽子的工人便扭着身子，将枪口对定这将校。

"就要打死了！"华西理自己想。

他心脏停了跳动，紧缩起来……简直像化了石一般，眼也不眨地注视着将校的模样。

"啪！"从窗间开了一枪。

将校的头便往后一仰，抛下枪，刚向旁边仿佛走了一步，脚又被长外套的下襟缠住，倒在地上了。

"不错！"有谁在华西理的近旁大声说。

"给打死了，将官统打死了！"躲在箱后面的孩子们也嚷着，还不禁跳上车路去，"打着脑袋了！一定的，是脑袋呀！"

士官候补生骚扰着，更加紧贴着墙壁，不再前行。就在左边的两个人，却跑到将校那边来，抱起他沿着壁运走了。

在红房子的窗口，又有人影出现；射击了将校的那工人，忽然从窗沿站起，向屋里的谁说了几句话，将手一挥，又伏在窗沿上，定起瞄准来。

"呼！"在空中什么地方一声响。

华西理愕然回顾，因为，这好像就从自己的后面打来一样，孩子们嚷了起来。

"从屋顶上打来的呀！瞧吧，瞧吧，一个人给打死了！……"

华西理去看窗口，只见那蓝帽子工人想要站起，在窗沿上挣扎，枪敲着墙。他的两手已经尽量伸长了，但没有将枪放掉。

工人虽想挣扎起来，但终于无效，像捕捉空气一样，张着大口，到底将捏着枪的那手掌松开。于是枪掉在步道上，他也跌倒，软软地躺在窗沿上了。蓝帽子下坠着飞到车路上去，工人的头发凌乱，长而鬈缩地下垂着。

枪声从各处起来，红房子的正面全体，又被白尘埃的云所掩蔽，听到子弹打在壁上的剥剥声。孩子们像受惊的小鼠一般，窜来窜去，渐渐走远了危险之处。一个倒大脸的白白的中学生跑到步道上，外套的下襟绊了脚，扑通倒在肮脏的街石上，连忙爬起，一只手掩着跌破的鼻子，跳进了一条狭小的横街。

华西理向周围四顾。这两个死，使他的心情颠倒了。

"究竟这是怎么一回事呢？"他出了声，自问自答着。

一看那旁边的店的店面，有写着"新鲜鸟兽肉"的招牌，在那隔壁，则有写着"萝卜，胡瓜，葱"的招牌……这原是大店小铺成排的熟识的亚呵德尼·略特啊，但现在却在这地方战争，人类大家在互相杀戮……

雨似的枪弹，剧烈地打着杂货店的墙壁，窗玻璃破碎有声，屋上的亚铅板也被撕破了。

蓦地听到摩托车声，将枪声压倒，射击也渐渐缓慢起来。大约因为射击手对于这大胆胡行的摩托车中人，也无可奈何了。华西理从藏身处望出去，见有大箱子似的灰色的怪物，从戏院广场那面走来。同时听到杂货店后面，有孩子的声音在说：

"是铁甲摩托呀，快躲吧？"

摩托车静静地、镇定地驶近红房子来。

这瞬间，便从车中"沙！"地发了一声响。

红房子的一角就蔽在烟尘中，石片、油灰、窗框子、露台的栏杆、合缝的碎块之类，都散落在道路上。射击非常之烈，华西理的两耳里，嗡嗡地响了起来。

接着炮声，然后是机关枪的声音，冷静地、整肃地作响。

"啪，啪，啪啪啪啪……"

士官候补生和大学生的一队，从摩呵伐耶街跑向转角那边，躺在靠墙的脏地上，对着德威尔斯克街，施行急射击。瞬息之间，亚呵德尼·略特已被他们占领，布尔什维克逃走了。射击渐渐沉静下去，分明地听得在转角处，喊着兽吼一般的声音：

"占领门外的空地去吧！"

孩子们从杂货店和箱子后面爬出，又在角落里，造成了杂色的一团。

"喂，那边的你们！走开！不走，就要被打死了！"左手捏枪、留着颊须的一个大学生高声说。

孩子们躲避了，然而没有走。被要看骇人的事物的好奇心所驱使，还是停在危险处所，想知道后来是怎样……

铁甲摩托车一走，形势又不稳了。德威尔斯克街方面起了枪声，聚在万国旅馆附近的士官候补生和大学生，便去应战，人家的墙壁又是石灰迸落，尘埃纷飞，玻璃窗瑟瑟地作响。刚觉得红房子的楼上有了人影，就已经在开枪。这屋子的所有玻璃，无不破碎飞散，全座房屋恰如从漆黑的嘴里喷出火来的瞎眼的怪物一般。

一个士官候补生想从狙击逃脱，绊倒在车路上，好像中弹的雀子，团团回旋，又用手脚爬走，然而跌倒了。从德威尔斯克街和红房子里，仿佛竞技似的都给他一个猛射，那候补生便抛了枪，默默地爬向街的一角去，但终于伸直身子，仆下地，成为灰色的一堆，躺在车路上。射击成为乱射，友仇的所在，分不清楚了。

这时候，从大学那边向着大戏院方面，驰来了一辆满载着武装大学生和将校的运货摩托车，刚近亚呵德尼·略特，大学生们便给那红房子和德威尔斯克街下了弹雨。兵士和工人因此只好退到德威尔斯克街的上边去，躲在门边和房子的凸角的背后。

过了不多久，摩托车开回来了，恰如胜利者一般，静静地在街中央经过。刚到街的转角，忽然从德威尔斯克街起了猛射，摩托车后身的木壳上，便迸出汽油来，白绳似的流在地上，车就正在十字街头停止了。大学生和士官候补生怕射击，狼狈起来，伏在摩托车的底面，将身子紧贴着横板，或者跳下地来，靠轮子做掩护，但敌手的枪弹，无所不到，横板受着弹，那木片飞迸得很远。有人叫喊起来：

"唉唉……救命呀！"

刚看见一个孩子般的年轻的将校跳到车路上，就踉跄几步，破布包似的团着倒在轮边了。从摩托车里已经没有人在射击，破碎的车身空站在十字路上，车轮附近横七竖八躺着被枪杀的人……只有微微的呻吟之声，还可以听到：

"啊唷……啊……啊唷……"

从德威尔斯克街还继续放着枪，负伤者就这样地被委弃得很久。少顷之后，戴白帽、穿革制立领服、袖缀红十字章的一个年轻的女人，从十字街庙的后面走出来了。她也不看德威尔斯克那面，也不要求停枪，简直像是没有听到枪声似的，然而两面的射击，却自然突然停止，士官候补生、大学生、兵士、工人，都从箱子后面惴惴地伸出头来。华西理也以异常紧张的心情，看着这女子的举动。她走近摩托车，弯下身子去，略摇一摇躺在车轮附近的人，便握手回头，望着，不作声了。这瞬间，是周围寂然，归于死一般的幽静。只有从亚尔巴德和卢比安加传来的枪声，使这阒然无声的空街的空气振动。那年轻的女人两足动着裙裾，走到摩托车车边，略一弯腰，便直了起来，叫道：

"看护兵，有负伤的在这里！"

于是两个看护兵开快步走近摩托车去，拉起负伤的人来，好像要给谁看的一般，拉得很高。那是身穿骑兵的长外套的将校，涂磁油的长筒靴上，装着刺马的拍车。军帽不知道滚到哪里去了，皱缩的黑发，成束地垂在额上，枪弹大约是打掉牙齿，钻进肚里去了，还在呻吟。

看护兵将那将校移放在车旁的担架上，但当从摩托车拉起负伤者来的时候，长外套的下缘被血浆黏得湿漉漉的，受着日光，异样地闪烁，贴在长筒靴子上的情景，却映入了华西理的眼中。

运去了这将校之后，是一个一个地来搬战死者。不知从哪里又走出别的看护兵来，仿佛搬运夫搬沉重货物一般，将死尸背着运走。他们互相揿扶，也不怎样忙迫，就像做平常事情模样。尤其是一个矮小而弯脚的看护兵，他不背死尸，单是帮人将这背在背上，帮了之后，便略略退后，悠悠然用围身布擦着血污的两手。

其次是运一个外套上缀着闪闪的肩章的大学生的尸骸，背在背上的死人的身躯，伸得很长，挂下的两脚，吓人地在摆动。

看客的一团，都屏息凝视着看护兵的举动，只有孩子们在喧嚷，高声数着战死者的数目，仿佛因为见了珍奇的光景，很为高兴似的。

"啊，这是第十个了！这回的，是将官呀！瞧吧，满鼻子都是血，打着了鼻子的吧！"

华西理吓得胆寒，好像石化了，痴立在杂货店旁。他这样接近地看了可怕的死的情形，还是第一次。

年轻的他们，坐着摩托车前来，临死之前，还在欢笑、敏观，决计置死生于度外而战斗，但此刻，却像装着燕麦袋子之类似的，被看护兵背去了。不自然地拖下的两脚，吓人地摆着，头在别人的脊梁上，橐橐地叩着。

摩托车已被破坏，横板被打得稀烂，步枪和被谁的脚踏过的军帽，到处散乱着，汽油流出之处成了好像带黑的水溜。

最后的死尸搬去了。

革制立领服的女人四顾附近，仿佛在搜寻是否还有死人似的，于是也就跟着看护兵走掉了。

在万国旅馆附近的士官候补生和大学生们，便又喧嚣起来，好像在捉迷藏一般，很注意地窥看德威尔斯克街的拐角，其中的两个人伏在步道上，响着步枪的机头。华西理看见他们在瞄准。

"啪！"几乎同时，两个人都开了枪。

接着这枪声，立刻听到德威尔斯克街那面，有较之人类的叫喊，倒近于野兽的尖吼的音响，同时也开起枪来。

　　看客的一团慌乱得好像在被射击，都躲到隐蔽地方去，华西理也不自觉地逃走了。

　　但华西理并没有知道射击了运货摩托车的布尔什维克的一队之中，就有这早晨使他觉得讨厌的好友亚庚在里面……

在普列思那

这天一整天，亚庚好像做着不安的梦，他不能辨别事件的性质、战斗的理由，以及应该参加与否。单是伏在青年的胸中的想做一做出奇的冒险的一种模糊的渴望，将他推进战斗里去了。况且普列思那的青年们，都已前往。像亚庚那样的活泼的人物，是不会落后的。同志们都去了。那就……

他也去了。

被夜间的枪声所惊骇的工人们，一早就倦眼惺忪地聚在工厂的门边，开了临时的会议。副工头隆支·彼得罗微支，是一个认真的严峻的汉子，一句一句地说道：

"重大的时机到了，同志们。如果布尔乔亚得了胜，我们的自由、已经得到的权利，就要统统失掉的。这样的机会，恐怕是不会再有的了。大家拿起武器来。去战斗去，同志们!"

年老的工人们默默地皱了眉，大约是不明白事件的真相。但年轻的却坚决地回答道：

"战斗去! 扫掉布尔乔亚! 杀掉布尔乔亚!"

亚庚是隆支·彼得罗微支的崇拜者，他相信彼得罗微支是真挚的意志坚强的汉子，说话的时候，是说真话的人。但要紧的动机，是因为要打一回仗……于是他就和大家一同唱着《伐尔赛凡加》[1]，从工厂门口向俱乐部去——向红军去报名。

他在工人俱乐部里报了名，但俱乐部已经不是俱乐部，改成红军策动的本部了，大门口就揭示着这意思。

报名的办法是简单的。一个将破旧的大黑帽子戴在脑后的不相识的年轻工人，嘴里衔着烟卷，将报名人的姓名记在蓝色的学生用杂记簿子上。

"姓呢?"当亚庚仿佛手脚都被捆绑一般，怯怯地，心跳着来到那工人的桌子前面时，他问。

"亚庚·罗卓夫。"亚庚沙声地答。

"从什么工厂来的?"工人问道，眼睛没有离开那簿子。

亚庚给了说明。

"枪的号数呢?"工人于是用了一样的口调问。

"什么?"亚庚不懂他所问的意思，回问道。

但对于这质问，却有一个站在堆在桌子左近的枪支旁边的兵士，替他答复了。

---

[1] *Varshavianka*，盛行于三十年前的有名的曲子。

那兵士说出一串长长的数目字来，将枪交到正在发呆的亚庚的手里。

"到那边的桌子那里去。"他说，用一只手指着屋子的深处。那地方聚集着许多带枪的工人们。亚庚双手紧捏着枪，不好意思地笑着，走向那边去了。他觉得好像变了棉花人偶一般，失了手脚的感觉，浮在云雾里似的。他接取了一种纸张、弹药囊、弹药和皮带。一个活泼的兵士便来说明闭锁机，教给拿枪的方法，将枪拿在手里，毕剥毕剥地响着机头，问道：

"懂了吗，同志？"

"懂了。"亚庚虽然这样地回答了，但因为张皇失措和新鲜的事情，其实是连一句也没有懂。

工人们在屋角的窗边注视着刚才领到的枪，装好子弹，并上闭锁机，紧束了新的兵士用的皮带，正在约定那选来同去的人们。大的屋子有些寒凉，又烟又湿，充满着便宜烟草的气味。

"啊呀，亚庚也和我们一气，"一个没有胡子的矮小的工人高兴地说，于是向亚庚问道，"报了名了？"

"报了名了。"亚庚满含着微笑，回答说。

"且慢，且慢，同志，"别一个长方脸的工人，用了轻蔑的调子，向他说道，"你原是社会革命党的一伙呀。现在为什么到这里来的？"

亚庚很惶窘，好像以窃盗的现行犯被人捉住了一样，脸上立刻通红起来。

"真的呀，那你为什么来报名的呢？"先前的工人问。

聚在窗边的人们，都含笑看着亚庚。他于是更加惶窘了。

"不的……我已经和他们……分了手……"他舌根硬得说不清话,但突然奋起了勇气,一下子说道,"恶鬼吃掉他们就是。那些拍布尔乔亚马屁的东西。"

工人们笑了起来。

"不错,同志!布尔什维克是最对的!"矮小的工人拍着亚庚的肩膀,意气洋洋地摇着头,一面说。

大家都纷纷谈论起来,再没有注意亚庚的人了。

亚庚向周围一看,只见隆支·彼得罗微支坐在窗边,一面检查着弹药包,一面在并不一定向谁,这样说:

"如果在大街上遇见了障碍物,要立刻决定,应该站在障碍物的哪一边。站在正对面和这一边,是不行的。我们并不是打布尔乔亚啊。只要扛着枪,打杀了士官候补生和大学生,就是了。"

"还有社会革命党哩。"有谁用了轻蔑的口调说。

"当然,"隆支·彼得罗微支赞成说,"饶放了应该打杀的东西,是不对的。"

"真的。瞧吧,谁胜。"

"用不着瞧的:我们胜的。"有谁诧异道。

亚庚不再受人们的注目,高兴了。他将枪靠在墙上,系好皮带,带上挂了弹药囊,但因为太兴奋了,两只手在发抖。

转瞬之间,屋子里塞满了人。或者大声说话,自己在壮自己的胆;或者并没有什么有趣,也厉声大笑起来;或者跨着好像背后有人推着一般的脚步。大家都已兴奋,是明明白白的,有三个自说是军事教员的兵士,来编成红军小队,以十二人为一排,选任了排长。亚庚被编在隆支·彼得罗微支所带的小队里了,彼得罗微支即刻在这屋子里，整列了自己这队的人们，忍着得意的微笑，说道：

"那么，同志们，要守命令呀！什么事都得上紧。否则……要留心，同志们……走吧！"

大家就闹嚷嚷地走到街上去了。

从俱乐部的大门顺着步道，排着到红军来报名的人们的长串。这是各工厂的工人们，但夹在里面的新的蓝色外套的电车司机的一班，却在放着异彩。大门附近的步道和车路上，聚集着妇女和年老的工人，是来看前赴战场的人们的，他们大家相笑、相谑，嗑西瓜子，快活的态度好像孩子模样。只有一个瘦削的尖脸的、包着黑的打皱的布直到眼上面、穿着衣襟都已擦破的防寒外套的年轻的女人，却站在工人的队伍旁边，高声地在叫喊：

"渥孚陀尼加，回去吧。叫你回去啊。兵什么，当不得的呀。你真是古怪人。听见没有，渥孚陀尼加？回家去……"

那叫作渥孚陀尼加的工人，是年纪已颇不小、生着带红色的胡子的强壮而魁伟的汉子。他只是用了发恨的脸相睨视着女人，并不离开队伍，低声骂道：

"啐，死尸。杀掉你！"

因为别的工人的老婆没有一个来吆喝丈夫的，这工人分明觉得惭愧了。

"回家去，趁脑袋还没有吃打。"他威吓说。

"不和你一起，我可是不回去的啊。我就是抛掉了孩子，也不离开，你——却还要想去当什么兵哩，狗脸！如果你出了什么事，叫我怎么办呢，抱了小小的孩子到哪里去呀？你想过这些没有？"

"那边去，教你这浑蛋！"渥孚陀尼加骂道。

群众听着这争吵，以为有趣，但倒是给女人同情，带着冷笑地在发议论。

"有着两个孩子，那是不必去做红军的。"

"只让年轻的去报名，是当然的事。"

"对了，就要年轻的。没有系累的人们，去就是了……"

看见一个高大的板着脸的刚愎的老婆子，抓住了十七八岁的少年的手腕，带到俱乐部那边去。少年的手里拿着枪，带上挂着弹药囊。

"走吧，要立刻将这些都送还。"她愤怒地说，"我给你去寻红军去……"

羞得满脸通红的少年，垂着头，用尖利的声音轻轻地在说：

"我总是不会在家里的。后来会逃掉的。"

但那老婆子拉着少年的手腕，嚷道：

"我关你起来，给你看不到太阳光。成了多么胡闹的孩子了呀。"

于是反顾群众，仿佛替自己分辩似的，说了几句话：

"家里有着蠢材，真费手脚啊……"

亚庚吃了一惊。相同的事，他这里恐怕也会发生的。他惴惴地遍看了群众，幸而母亲并不在里面。只有两个熟识的姑娘，看着他，不知道为什么在发笑。亚庚装作没有看见模样，伸直了身子，说道：

"哪，同志们，赶快去呀。"

各小队纷纭混乱，大约五十人集成一团，开始走动了。隆支·

彼得罗微支想将队伍整顿一下，但终于做不到，挥着手低声自语道：

　　"也就成吧……"

亚庚

他们形成了喧嚣的高兴的一团，在大街中央走。两旁的步道上满是人，大家都显着沉静的脸相，向他们凝望。亚庚是还恐怕被母亲看见，硬拉他回去的，但待到经过库特林广场，走至萨陀伐耶街的时候，这才放了心，好像有谁加以鼓励一样，意气洋洋地前进了。到处是人山人海。在国内战争的第一日的这天，就有人出来看，是莫斯科前所未有的。运货摩托车载着兵士和工人，发出喧嚣的声响，夹在不一律的断断续续的歌声和枪声里，听到"乌拉"的喊声……

普列思那的一团在萨陀伐耶街和别的团体分开，成了独立部队，进向市的中心去。

亚庚将帽子戴在脑后，显出决然的样子，勇敢地走，每逢装着兵士的摩托车经过，便发一声喊，除下打皱的帽子来，拼命地挥动。紧系了皮带，挺着身子，而精神亢奋了的他，仿佛在群众里游泳过去的一般。

群众，街道，"乌拉"的喊声，而且连他自己，都好像无不新鲜，一切正在顺当地变换，亚庚因此便放声唱歌，尽情欢笑，想拿枪向空中来开放了。在思德拉司忒广场遇见了华西理的事，心里是丝毫没有留下一点印象的，但走远了广场的时候，却想了起来：

"他会去告诉妈妈，说看见了我的。"

他有些担忧了，但即刻又放了胆，将手一摆，想道：

"由它去吧。"

武装了的兵士和工人们，都集合在斯可培莱夫广场的总督衙门里。这地方是革命军的本部。拿枪的兵士和工人的一团，在狭窄的进口的门间互相拥挤，流入那施着华丽的装饰的各个屋子里。在那大厅里和有金光灿烂的栏杆的宽阔的阶沿上，闹嚷嚷地满是黑色和灰色的人们，气味强烈的烟草的烟，蒙蒙然笼罩在所有屋子里的群众的头上。亚庚跑进了先前是公爵、伯爵、威严的将军之类所住的这大府邸，还是第一回。他便睁了单纯的吃惊的眼睛，凝望着高高的洋灰的天花板，嵌在壁上的镜子，大厅的洁白的圆柱，心里暗暗地觉着一种的光荣：

"我们占领了的。"

而且很高兴，得到讲给母亲去听的材料了。

一个身穿羊皮领子的外套、不戴帽子、拖着蓬蓬松松的长头发的高大的汉子，站在椅子上，发出尖利的声音来：

"静一下，静一下，同志们！"

群众喧嚣了一下，便即肃静了的时候，那人便说道：

"凯美尔该斯基横街非掩护不可。同志们，到那地方去。"

工人们动弹起来了。

"到凯美尔该斯基横街去，同志们。士官候补生在从亚呵德尼·略特前进。竭力抵御！……"

工人们各自随意编成小组，走出屋子去，一面走，一面毕毕剥剥地响着枪的闭锁机。亚庚在人堆里，寻不见隆支·彼得罗微支这一伙了，便加入素不相识的工人的一组里，一同走向凯美尔该斯基横街的转角那方面去。

德威尔斯克街的尽头的射击，正值很凶猛。

在总督衙门附近的兵士，警告工人道：

"散开，散开，同志们。要小心地走在旁边。一大意，就会送命的。"

于是工人和兵士们便都弯着腰走，一面藏身在墙壁的突角里，一个一个地前进。车路上寂然无声，因为是经过了筑着人山的街道，来到这里的，所以觉得这寂寞，就更加奇怪了。

亚庚的心脏跳得很厉害，胸膛缩了起来。他两手紧捏着装好子弹的枪，连别人的走法也无意识地模仿着，牵丝傀儡似的跟在人们的后面。

枪声已在附近发响了。时时有什么东西碰在车路的石块上，啪啪地有声。

"啊呵，好东西飞来了。"站在前面的兵士笑着说。

亚庚害怕起来了。

"那是什么呀?"他问。

"什么! 不知道吗? 是糖丸子啊,那东西,"兵士一瞥那吃惊的亚庚的样子,揶揄着说,"撅出嘴去接来试试吧。"

亚庚想要掩饰,笑了起来。但兵士看出了他的仓皇的态度,亲密地说道:

"没有什么的,不要害怕。是在打仗了,要镇静。"

于是大家都集合在凯美尔该斯基横街的转角的地方,但那里已有工人和兵士的一小团,躲在卖酒的小店后面了。这里的空气,都因了飞弹的呼哨而振动。

工人全是素不相识的人,亚庚很想问问各种的事情,但终于不敢去开口。他很想来开枪,但谁也没有放,独自一个也就不好开枪了。大家都沉默着,仿佛御寒一般,在同一的地面上,交互地跺着脚,是不知道做什么才好的情形。而且大家的脸是苍白的,嘴唇是灰色的,只有夹在里面的亚庚,却显着鲜润的红活的面庞,流动着满是好奇和含羞的情绪的双眼,于是就自然而然地成了大家注意的标的了。

在附近的陀勒戈鲁珂夫斯基横街的转角处,聚集着一团的兵士,工人们的黑色的形相,在那里面显得格外分明,他们都正在一齐向着亚呵德尼·略特方面射击。

"从这里可以开枪吗?"亚庚终于熬不住了,问一个兵士道:

"你是要打谁呀? 这里可没有开枪的标的啊。得到对面的角落里去。"

"但那边不危险吗?"

"你试试瞧。"那兵士歪着嘴,显出嘲笑来,但暂时沉默之后,便赶忙说道，"一同去吧，同志。我先走，你跟着来。一同走，就胆壮。但是，要小心呀，敌人一开枪，就伏在地面上。"

亚庚的心发跳，脊梁上发冷了，但他勇敢地答道：

"那么，去吧。"

"到那边去，是不中用的啊。"有谁从后面用了颓唐的声音说。

"唔，又是。还说。"兵士用发怒的口吻说，"去吧。"

他将帽子拉到眉边，捏好步枪，伸一伸腰，便沿着步道，将身子贴着墙壁，跑过去了。亚庚也跟在后面跑。什么地方起了枪声，兵士的头上的窗玻璃，发出哀惨的音响。兵士跳身跑到药店的门边，蹲下了。亚庚好像被弹簧所弹似的跟着兵士，也一同并排蹲下了。兵士的呼吸，是很迫促的。

"那是从哪里来的？"亚庚慌张地问。

"什么叫作从哪里来的？"

"不是开了枪吗？"

"谁知道呢。大约是从什么地方的屋顶上面打来的吧。"

"一不小心，就会送命哪。"亚庚栗然说。

兵士向少年瞥了一眼，但这时亚庚看见他仿佛觉得烈寒似的浑身抖动，脸色发青，两眼圆睁得怕人，异样地发闪了。好容易，兵士才会动嘴，说道：

"会送命的。因为要做枪弹的粮食的，所以，小心些吧。"

两个人紧贴在铺子的门口，有五分钟。兵士发着抖，通过了咬紧的牙缝，在刻毒地骂谁。在亚庚，不知道为什么，这骂声却比枪声更可怕……

这之间，射击停止了。在亚呵德尼·略特方面，也已经听不到枪声。兵士站起身来，仔细地遍看了各家的屋顶，于是跳跃着横断街道，跑向工人们所在的转角去。亚庚也拼命地跟在那后面。忽然不知道在什么地方从上面起了乱射击，四边的空气都呼呼地叫了起来……在前面飞跑的兵士，好像在什么东西上绊了一下，便声声骂着，倒在车路上，步枪磕着铺石，发出凄惨的声音。

"唉……唉……赶快！赶快！"有人在转角那里大声叫喊。

亚庚横断了街道，躲在转角的一团里面之后，回头看时，兵士也还是躺在跌倒的处所，小枪弹像雪籽一般落在那周围的铺石上，时时扬起着烟尘……

"终于，给打死了！"一个站在转角上的兵士，断续地说，"爬了来，那就好……"

亚庚被大家所注视，仿佛是阵亡了的兵士的下手人一样，便发了青，发了昏，站在屋壁下，因为怕极了，很想抛掉枪支，号哭起来。然而熬住了，喘息一般地呼吸着，仍然站在那地方。

从德威尔斯克街的上段那里，驶来了载着学生的看护兵的黑色摩托车。因为要叫射击中止，将缀着红十字的白旗摇了许多工夫，看护兵们这才拉起被杀的兵士来，赶忙放在担架上，刚要将摩托车回转，角落上有人叫起来了：

"将帽子拿去呀！"

原来看护兵是将被杀了的兵士的帽子忘掉了。这时候，大家所不意地感到的，是人一被杀，帽子便被遗弃的这一种忧虑。

"拿帽子去！"连亚庚也歇斯底里地叫喊说，"拿帽子！"

学生的看护兵再从摩托车跳下，拾起帽子，并排放在兵士的头边。于是一切都照例地完毕，摩托车开走了，大家都呼地吐了一口气。阵亡的兵士曾经躺过之处的铺石，变成淡黑，两石之间的洼缝中，积起红色的水溜来。大家看这处所，是很难受的，但却很想走近去仔细地看一看……

"吓，了不得的血哪，"身穿磨得很破了的革制立领服，颈子上围着围巾的一个工人，阴郁地说，"现在是魂灵上了天堂……"

大家一声不响。各自在想象别人所不知道的自己目前的神秘的运命。

"天堂……上了真的天堂了。"

那工人还低声絮叨着，嘻嘻地笑了起来。

"上了天堂，没上天堂，兄弟，那倒是随他的便……我想抽烟呢。他们枪也打得真好。"

"但从哪里打出来的呢？"

"恐怕是旅馆的屋顶上吧。有许多人在那里。"

"不是从伏司克烈闪斯基门那边打来的吗？"

"不。从屋顶上打来的，"亚庚明白地说，"我跑到这里来的时候，亲眼看见：从屋顶上打来的。"

大家都注意地向亚庚看，因为他是一个竟没有和兵士一同被人打死的青年。

"哪，同志，你的魂灵儿现在没有跑到脚跟里去吗？"那讲过天堂的工人插嘴说，"不想要一根针吗？"

"怎样的针？做什么？"亚庚诧异道。

"真的针呀。从脚跟里挑出魂灵来呀。"

一团里面，有谁在咪咪地勉强装作嬉笑。亚庚满脸通红，很有些惭愧了，一个中年的兵士便用了冷淡的语调，说道：

"喂，小伙计，你到这里来，是冤枉的。真冤枉。"

"为什么是冤枉的？我不是和你是一样的公民么？说得真可笑！"亚庚气愤起来，孩气地大声说。

那兵士不作声，向旁边吐了一口唾沫：

"呸……"

亚庚在步道上前后往来，走到街的转角，望了一望亚呵德尼·略特。望中全是空虚，既没有人影，也没有马车。这空虚的寂静，更加显得阴惨。倘在平时，是即使半夜以后也还有许多人们来往的，而现在却连一个人影也不见了。从伏司克烈闪斯基门附近向这边开了枪，枪弹发着尖利的声音，在亚庚身边飞过，打在车路和还未造好的大房子的围棚上。在亚呵德尼·略特的转角处看见了一个人影子，亚庚便将枪身抵在肩膀上，但那人影又立刻不见了。然而亚庚被开枪的欲望所驱使，并且知道即使开了枪，也不会受罚的，于是就任枪身抵在肩膀上，扳一扳机头。步枪沉重地在肩膀上一撞，两耳都嗡地叫了起来……

兵士们聚到横街的转角来。

"你打谁呀？"一个问。

"一个大学生模样的。在那里……"

"要看清楚，不要乱打人。这里是常有闲走的人们的。"

灰色外套的人影子又在转角处出现，并且"啪！"地向这边开了一枪，又躲掉了。

这一枪的子弹，打落了一些油灰屑。

细的壁土落到兵士和亚庚的头上来。大家便一齐向后面退走。

"哪，在打我哩！"亚庚活泼地说。

他很高兴为敌人所狙击。这是可以做他一生涯的谈柄的。

"唉，他！……"一个年轻的兵士忽然大声叫喊起来，"他在打，打他。唉！……"

于是一面痛骂，一面正对着街道就开枪。

"啪……啪……啪……"

两个兵士跑到他的旁边去，一个跪坐，一个站着，很兴奋地开始了射击，恰如对着正在前进的敌人。

亚庚发了热狂了，从街角跳到街道上，一任身子露在外面，射击着远处的房屋。什么地方也没有人，而兵士和亚庚，还有五个工人们，却已经都在一面咒骂，一面集中着枪击。从对面的街角也有一团兵士出现，发出枪声来……大家都在射击着看也没有看见的敌手。

射击大约继续了两分钟。亚庚虽然明看见敌人并不在那里，所以用不着开枪，枪弹不过空落在车路上，或者打在人家的墙壁上，然而兴奋了的他，却放而又放，将药包三束都消耗了。他的肩膀因此作痛，右手掌也弄得通红。当这边正在开枪之际，亚呵德尼·略特那面是静悄悄的。

"他们不是从那边走掉了吗？"亚庚问。

"怎会走掉，在那边。在打角上的屋子哩。"

"那是我们的人吗？"

"不错。那是我们的。"

好像来证实这答话一样，从转角的红色房子的窗户里，忽然发出急射击来。

"见了没有？那是我们的。"兵士证明道。

从亚呵德尼·略特那边起了叫喊。兵士们侧着耳朵听。又起了叫喊。

"有谁负伤了。"围着围巾的工人说。

"一定的，负伤了。叫着哩，不愿意死呀。"

"是士官候补生，一定的。"

"自然是士官候补生，叫得像去宰的猪一样。"一个活泼的兵士说完话，异样地笑了起来。

他看着大家的脸，仿佛是在征求同意似的。

大家都不说话。

"喂，不在大叫着什么吗?"

从横街的转角后面，断断续续地听到叫唤的声音，大家伸颈倾听了一回，却丝毫也听不清那意思。

亚庚之死

　　亚庚又从街角跳出，看好了周围的形势，举起枪支，射击起来。这一回他已经知道瞄准，沉静地开枪了。

　　他首先去打那在灰色的天空之下，看得清清楚楚的烟突，此后是狙击了挂在邻街的角上的一盏大电灯。一开枪，电灯便摇动了。

　　"打着了哩！"亚庚满足地想。

　　略略休息之后，他重新射击，打破了杂货店的大玻璃，打着了红色房子的屋角，看见洋灰坠落、尘埃腾起，高兴了。于是又狙击了万国旅馆的嵌镶壁画和招牌。

　　"轰！"在对面的房屋后面忽然发出大声，同时在近旁也起了尖利的嚷叫。

　　亚庚大吃一惊，蹲了下去，看见红色房子的一角倒坏了。兵士和工人，接着是亚庚，都乱成一团，从转角拼命地向横街逃走，好容易才定了神，一个一个地停留下来。

"开炮了！"有谁在对面的街角大叫，"留神吧，同志们！"

"轰！"又来了炮声。

大家动摇了，但立即镇定，回复了街角的原先的位置。亚呵德尼·略特方面的枪击，也更加猛烈起来。

"敌人在冲锋哩！"有谁在什么地方的窗子里面叫着。

于是发生了混乱，五个兵士从对面的街角向德威尔斯克街的上段一跑，一群工人也囊囊地响着长靴，跟在那后面跑去了。剩下来的，则并不看定目标，只向着大街乱放。亚庚所加入的一团中，已经逃走了十个人，只留得四个。亚庚发着抖，喘着气，在等候敌人的出现，觉得又可怕又新鲜。这之间，就看见穿着灰色和蓝色的长外套的人们，从一所房屋里跳到车路上，向亚庚躲着的角落里开着枪，冲过来了。

"他们来哩。"亚庚想。他激动得几乎停了呼吸。

兵士们向横街方面奔逃，叫道：

"来了，来了！……"

亚庚也就逃走，好容易回头一看，但见大家都没命地奔来，他的脊梁便冷得好像浇了冷水。后面的枪声愈加猛烈，仿佛有人要从背后赶上，来打死他似的，亚庚将头缩在两肩之间，弯着腰飞奔，竭力想赶上别人，使枪弹打不着自己……他跟着那逃走的一团，跑进一条小路时，忽然有一个横捏步枪的大汉，在眼前出现了——大喝道：

"站住！乏货！发昏！……回去！枪毙你！"

亚庚逡巡了。那是水兵。

"回去!"

大家错愕了一下，便都站住了。

那水兵一面发着沙声大叫，一面冲出小路，到了横街，径向德威尔斯克街的街角那面去。亚庚很气壮。他自愧他害怕着士官候补生和大学生，至于逃跑，便奋勇跟着水兵，且跑且装子弹，因为亢奋至极了，牙齿和牙齿都在格格地相打。他很想赶上水兵，但水兵却一步就有五六尺，飞似的在跑。只见他刚到街角，便耸身跳上车路，露着身体在开枪了。亚庚走到水兵旁边去看时，那些在亚呵德尼·略特和德威尔斯克街的街角吃了意外的射击的人们，都在慌张着东奔西走，但俄顷之间，在大街和广场上，便都望不见一个人影子了。水兵和亚庚也不瞄准，也不倾听，只是乱七八糟地开枪。忽然间，水兵一踉跄，便落掉了枪支，亚庚愕然凝视时，只见他呼吸很迫促，大张着嘴，手攫空中，向横街走了两步，便倒在步道上，侧脸浸入泥水里，全身痉挛起来了。亚庚连忙跳上了街角。

"给打死了!水兵给人打死了!"他放开喉咙，向那些从横街跑来的兵士和工人们叫喊，"给人打死了!"

大家同时停住脚，面面相觑。

"到这里来呀!"亚庚说，"他给打死了!"

兵士和工人迟疑不决地一个一个走近街角去，有的是被驱使于爱看可怕的物事的好奇心，有的却轻蔑地看着战死者。

"哈哈……多么逞强啊!"一个兵士恶意地说，"说我们是'乏货'。现在怎样。我们是乏货哩。"

大家聚在街角上，皱着眉。那水兵是脸向横街，胡乱地伸开了手脚，倒卧着。这时只有亚庚一个，还能够看清这人的情形。他还年轻，长着黑色的微须，剪的头发是照例的俄国式。从张着的嘴里流出紫色的血来，牙齿被肥皂泡一般的通红的唾液所遮掩，那嘴，就令人看得害怕。两眼是半开的，含着眼泪。而且脸面全部紧张着，仿佛要尽情叹息似的：

"唉唉……"

然而说不出。

聚到街角里来的人们，逐渐增多了。然而全都只是看着水兵，并不想去开枪，不知怎的大家是统统顺下着眼睛的，但竟有人用了怯怯的声调，开口道：

"将他收拾掉吧。"

大家又都活泼起来了。

"不错，收拾起来。收拾掉。"

于是就闹闹嚷嚷，好像发现了该做的工作一样，两个兵士便跳上车路，抓住战死者的两手，拖进街角来，从此才扛着运走。亚庚拾取了缀着黑飘带的水兵的帽子，跟在那后面，但终于将帽子放在战死者的胸膛上面，回到街角上来了。在水兵被杀之处，横着他所放过的枪，那周围是散乱的子弹壳。

"吓，可恶的布尔乔亚真凶！"一个工人骂着说。

别的人们便附和道：

"总得统统杀掉他们。"

大家变成阴郁，脸色苍白，不像样子了。独有亚庚却于心无所执迷，一半有趣地在看大家的脸。奇怪的是，战死了的水兵的那满是血污的可怕的嘴，总是剩在眼中，无论看什么地方，总见得像是

48

嘴。地窖的黑暗的窗户，对面的灰色房子附近的狗洞，都好像那可怕的张开的嘴，满盖着血的唾液的牙齿，仿佛就排列在那里似的。他脊梁一发冷，连忙将眼睛滑到旁边。不安之念，不知不觉地涌起，似乎有一种危险已经逼近，却不知道这危险在哪里。他想抛了枪，回到家里去了。

工人和兵士们，一句一句，在用了沉重的、石头一般的言语交谈。此时射击稀少了，周围已经平静，而在这平静里，起了远雷一般的炮声。亚庚一望那就在对面的房屋时，所有窗门全都关闭，只有窗幔在动弹，不知怎的总好像那里面躲着妖怪。枪声一响、两响，此后就寂然，又一响，又寂然无声了。倾耳一听，是卢比安加那方面在射击。

忽然间，听到咻咻的声音。

"喂，大家，像是摩托车！"向来灵敏的兵士一面说，便将身一摇，横捏着枪，连忙靠近屋角，悄悄地向亚呵德尼那面窥探。

大家侧耳听时，声音渐渐分明起来了。

"的确，摩托车。来，认清些吧……"

大家立刻振作了，密集在街角上，将枪准备端整。

从亚呵德尼的一角上，有运货摩托车出现，车上是身穿蓝色和灰色的长外套的武装了的一些人，枪支参差不齐地向四面突出。摩托车正如爬着走路的花瓶，枪、头和手，蓝的灰色的长外套，就见得像是花朵。摩托车向别一角的方向走，想瞒过人们的眼睛。

亚庚、工人和兵士们，便慌忙前后挤着，对准摩托车行了一齐射击。摩托车立刻停止了，从机器部冒起白烟来，车上的人们将身子左右摇摆，恰如发了痉挛一样。

"唉……唉！……"在亚庚的旁边，起了不像人的、咆哮一般的声音。

被这咆哮声所刺戟的兵士和工人们，便跳到步道上，忘记了危险，聚在一起，尽向摩托车开枪。从比邻的街角，也有兵士和工人们出现，一同猛烈地射击。亚庚一看，只见车上的人们恰如被卷的管子一样，滚落地上，有的爬进摩托车下，有的急得用车轮和横板来做挡牌，想遮蔽自己的身躯，狼狈万状。摩托车的横板被枪弹所削，木片纷纷飞散。见了这情景的亚庚，咽喉已被未尝经历涌上来的锐利的喜悦所填塞了。

"杀掉！剥皮！"有人在附近大叫道。

"杀掉！"亚庚也出神地大叫。连装弹也急得不顺手地，连呼吸也没有工夫地，只是开枪。

大约过了一分钟吧，摩托车已被破坏，在那上面，在那近旁，没有一个活动的人影子了。

"呵呵！"这边胜利地说，"了不得。一个不剩。"

大家高声欢笑，为热情所激动，为胜利所陶醉，不住地互相顾盼。

然而火一般烧了上来的激情一平静，亚庚便觉得对面的毁掉了的窗户，又像张开的死的巨口了。但大家还在想打死人，在等候什么事情的出现。从远处的街角上，忽然现出一个革制短袄上缀着红十字的臂章、头上罩着白布的年轻女人来，以镇静的态度，走向摩托车那面去。围着发红的围巾的一个工人，便举起了枪支。

"你！喂，你干什么？"一个兵士大声对他说。

工人略略回一回头，但仍将枪托靠在肩膀上。

"不要打岔！这布尔乔亚女人，我将她……"

于是兵士大踏步跑过去，抓住了那工人所拿的枪的枪身。

"浑蛋，不明白吗？那是看护妇呀。"

"在打那样的人吗？我们是来讨伐女人的吗?"别的人也叫起来，"发了疯么你?"

"由我看起来，看护妇这东西……"那工人还想说下去，但大家立刻将他喝住了。

"那边去!"

"给他一个嘴巴，否则他不会明白……"

"看哪，看哪……她多么能干!"

那年轻女子在摩托车周围绕了一圈，向那堆着好像破得不成样子了的袋子似的团块的车轮那面，弯了腰一一注视着走，用手去摸，默然无言。

兵士和工人和亚庚，都屏着气看那女人的举动。只见她叫了一声什么，用一只手一挥，就有缀着红十字的臂章的两个兵士，从街角飞跑到摩托车旁，注视着一个团块，于是一个兵转过背来，另一个则将包在外套里的僵硬的袋子拉起，便挂下了一双长筒靴，将这些都载在先一个的背上了。就这样地开手收拾着尸体。

当对面在收拾尸体时，这面却在当作有趣的谈资：

"搬走了。又是一个。原来是那么办的，那是我们的搬法啊。"

"瞧呀，瞧呀，那是大学生。"

"哈哈，这回的是将官了。"

"好高的个子!"

"这是第八个了。"

"真的：我们一个，就抵他们十个。"

亚庚高兴得要发跳。心里想，这是可以做谈天的材料的，待回了家去……

然而，最后的死尸一搬走，兴奋的心情也就消失了。

摩托车就破坏着抛在十字路的中央。

"啪啦!"

那是起于远处的街角的枪声。大家的脸上即刻显出紧张模样，连忙毕毕剥剥地响着闭锁机，动摇起来。生着黑色的针似的络腮胡子的兵士，走近街角来，断断续续地说道：

"就要前进了，同志们。准备吧。"

"前进，"亚庚自言自语地说，"前进。"

他的心脏发了抖。他跑来跑去，寻觅他自己该站的位置。他以为前进是排着队伍才走的。

"友军的一队，要经过了后街去抄敌人的后面。一开枪，我们就……"

兵士还没有说完话，在对面的角落上已经开了枪。兵士慌忙叫一声"跟着我来!"，而且头也不回地在步道上奔向亚呵德尼·略特方面去了。亚庚喊着"乌拉"跟定他，并且赶上了大家，独自在众人之前，目不他顾地走。有什么热的东西触着脸，也许是空气，也许是子弹——而风则在他的耳边呻吟。

亚庚在红色房子附近的角上站住了看时，只见蓝色和灰色的外套，正在沿着下面的摩呵伐耶街奔走，他便从背后向他们连开了三回枪。他气盛而胆壮了，又走上亚呵德尼·略特的礼拜堂的阶沿，想更加仔细地观察四面的形势。亚呵德尼·略特、戏院广场，以及所有的街道，是全都空虚的。从小店后面，钻出一群人——大抵是孩子来，在街道的角角落落里聚成黑黑的一团，凝视着兵士和工人的举动，望着抛在十字街头的血污的破掉的摩托车，仿佛在看什么珍奇的事物。孩子们在从摩托车的横板上挖下木片来，并且拾集子弹夹。不多久，群众便混杂在武装的兵士和工人里面了，三个十岁上下的顽皮孩子，站在亚庚的面前，羡慕似的对他看。

"放放瞧。"一个要求说。

这样的要求，是很使亚庚不高兴的。

"走开！"他威吓那孩子说。并且将身靠在礼拜堂的石壁上，横捏着枪，俨然吃喝道：

"不相干的人们走开，要开枪了！"

于是向空中放了一枪。

群众都张皇失措。连兵士和工人们，虽然拿着枪，也动摇混乱起来了。

"走开，走开！"发出了告警的声音。

瞬息之间，群众已经一个不见，像用扫帚扫过了一般，惊惶颠倒的他们，推推挤挤地挨进小杂货店中间，躲起来了。兵士和工人们集合在万国旅馆的近旁，独有亚庚留在礼拜堂的阶沿上。四面没有一个人。自己的伙伴都在对面的街角，破坏了的摩托车的背后。亚庚忽然觉到了只有自己一个人，便害怕起来，疑心从礼拜堂背后会跳出恶棍来，要将他杀掉。帽子下面的他的头发，在抖动了，脸色转成苍白的他，便跳下阶沿，横断街道，跑过摩托车旁，奔向对面的街角的工人们那边去。在途中跌了一跤，这使他更加害怕了。

"小心！"在角上的人笑着说。

亚庚气喘吁吁地到了目的地的街角。他的恐怖之念，也传染了别人，大家都捏紧枪身，摆出一有事故即行抵抗的姿势。但是，过了一分钟，那紧张也就消失了。

"是自己在吓自己啊。"有谁用了嘲笑的调子，说，"敌人一个也没有呀。"

"有的。"亚庚答道。

"在哪里?"

亚庚是本不知道敌人在哪里的，但他指着摩呵伐耶街的一角，将手一挥。

"那边。"

他忽然觉得害怕。无缘无故又想抛掉了枪，赶快回到普列思那的家里去，而且这感情，此刻也愈加强烈了。他凄凉、冰冷，浑身打着寒噤。

附近突然起了尖锐的枪声。和工人一同，兵士也将身子紧贴在墙壁上。亚庚吓了一跳，也跟着大家发慌，竭力想要躲到谁的背后去。而且，仍如半点钟以前那样，又有猛烈的恐怖，像一条水，流过他的脊髓和后头部，使他毛发都直竖了。一种运命的预感，在挤缩了他的心，以至于觉得痛楚。

"离开这里罢。"他哀伤地想。

射击没有继续。站在墙边的兵士和工人，便宽一宽呼吸，动弹起来。

亚庚举起枪来，向空中开了一枪，借此壮壮自己的胆，而且又开了一枪。兵士们也就跟着来开枪了。是射击了好像躲着看不见的敌人的那邻近的房屋的窗门和屋顶。大家一面射击，一面都走出街角和十字街头来。亚庚也回了礼拜堂的阶沿的老窠，由这里射击万国旅馆的房屋，作为靶子的，是挂着体面的绢幔，在那深处隐约可以望见金闪闪的大装饰电灯和豪华的家具的窗门。因为开了枪了，所以也略为沉静了一点，因为动了兴了，所以他就半开玩笑地，用枪弹打碎了挂在旅馆的停车场附近的彩色玻璃的电灯，以及摆在窗前和桌上的水瓶子。

这射击，后来就自然停止，兵士和工人们聚集在礼拜堂附近，平稳地谈话、吸烟，将危险忘却了。于是又从各个裂缝里、各个空隙间，蟑螂似的钻出孩子来，走近他们，也夹着一些大人，四近被群众填得乌黑。孩子们好像小狗，在人缝里钻来钻去，捡取子弹夹。更加平稳了。然而亚庚的不可捉摸的悲哀之情，却未曾消失，他在心里知道什么地方有危险，在这就伏在邻近的处所的。但那是什么处所呢？

在大学校的周围和克里姆林的附近开了枪。士官候补生和大学生，从这里都看不见。

亚庚担忧地环顾周围，搜寻着危险的所在，然而不能发现它。

"士官候补生来哩！"在礼拜堂后面，有了好像孩子的声音。

和这同时，礼拜堂的周围和街道上就都起了急射击。群众发一声喊，往来奔逃，孩子们伏在地面上，爬着避到杂货店那面去了。亚庚浑身发抖，想跑到德威尔斯克街的转角这边去，但一出礼拜堂，便立刻陷在火线里。他看见从四面的房屋的门里，或单个，或一团，都走出拿枪的士官候补生和大学生来，在屋顶上，也有武装着的人们出现。而且盘踞在屋顶上的人们，又好像正在向他瞄准似的。他退到礼拜堂的阶沿，墙壁的掩护物去。大学生和士官候补生一面跑，一面向兵士和工人们施行着当面的射击。礼拜堂附近和满是秋季的泥泞的步道的铺石上，已经打倒着几个人，还在呻吟，还在抽搐，那旁边就横着抛掉的枪支。五六个兵士将身子紧贴在礼拜堂的墙壁上向士官候补生射击。然而候补生们却分成散列，一直线前进，一跳上礼拜堂的阶沿，失措的兵士便仓皇乱窜起来。候补生们挺着枪刺，去刺兵士，兵士则发出呻吟声和嘶嗄声，用两手想将枪刺捏住，或者在相距两步之处，开起枪来。亚庚仿佛在梦境中，目睹了这些鏖杀的光景。

射击和抵抗，亚庚都忘掉了，只是贴住墙壁，紧靠着冰冷的石头，好像要钻进那里面去。他用了吓得圆睁了的两眼，看着身边的杀戮的情形，上气不接下气地在等候自己的运命。两个士官候补生走到最近距离来，一个便举了枪，向亚庚的头瞄准。亚庚还分明地看见那人的淡黑的圆圆的眼睛。火光灿然一闪，亚庚已经听不见枪声。他抛了枪，脸向下倒在石阶上面了。

"噩梦"

　　因为骇人的光景，失了常度、受了很大冲击的华西理·彼得略也夫，从亚呵德尼·略特走到彼得罗夫斯克列树路时，已是午后三点钟左右了。他并不慌忙，一步一步地向家里走。由他看来，周围的一切，是全都没有什么相干的。饱含湿气的空气，胶积脚下的淤泥，忽然离得非常之远，而且好像成为外国人了一般的人们，在他，都漠不相关。无论向哪里看，他的眼中只现出拖着嵌了拍车的漂亮的长靴——外套下面的那可怕的双脚，以及大学生和士官候补生的脑袋颓然倒在看护兵的脊梁上的光景来。无论向哪里看，跑到眼里来的只是好像接连着乌黑的自来水管一般的死人的脚，好像远处的小教堂的屋盖——恰如见于此刻的屋顶上那样的死人的头。在落尽了叶子的树梢的密丛里，在体面的房屋的正门里，在斑驳陆离的群众里，就都看见这死了的脚、死了的头。他时时在街上站住，想用尽平生之力来大叫……

然而，怎样叫呢？叫什么呢？谁会体谅呢！而且，那不是发了疯的举动吗？

这周围，是平静的。发了疯的叫喊，有谁用得着呢？……

不是被噩梦所魔了吗？谁相信这样的叫喊？周围都冷冷淡淡。也许是心底里有着难医的痛楚，所以故意冷冷淡淡的吧？

他常常立住脚，仿佛要摘掉苦痛模样，抓一把自己的前胸，并且因了从幼年时代以来成了第二天性的习惯，只微动着嘴唇，低语道：

"上帝，上帝……"

但立即醒悟，苦笑了。

"上帝，现在在哪里呢？不会给那在莫斯科的空中跳梁的恶魔扼死的吗？"

于是他骂人道：

"匪徒！"

但骂谁呢，他不知道。

周围总是冷冷淡淡的。

在亚呵德尼·略特那里，是剥下皮来、撒上沙、渍了盐，咯吱咯吱地擦了，在吃……吃魂灵……

"唉唉，怕人……啊，鬼！"

但是，大街、转角、列树路，都被许多的人们挤得乌黑，大抵是男人，是穿着磨破了的外套、戴着褪了颜色的帽子和渗透了油腻的皮帽之辈。穿戴着羔皮的帽子和领子的布尔乔亚，很少见了，而女人尤其少。只有灰色的工人爬了出来，塞满了街头。他们或在发议论，或在和红军开玩笑。红军是胡乱地背着枪，显着宛然是束了带的袋子一般的可笑的模样。群众不明白市街中央的情形，所以很镇静，但为好奇心所驱使，以为战斗是没有什么大不了的，就看作十分有趣的事情。他们想，大概今天的晚上就会得到归结，一切都收场了。只有背着包裹，两手抱着啼哭的婴儿的避难者的形姿，来打破一些这平凡的安静和舒服。

然而孩子们却大高兴，成了杂色的群，在大街和列树路上东奔西走，炫示着从战场上拾来的子弹壳和子弹夹，将这来换苹果、向日葵籽和铜钱。

而市街的生活，则成为怯怯的、酩酊的、失了理性的状态，与平时的老例已经完全两样了。

大报都不出版，发行的只有社会主义的报纸，但分明分裂为两个阵营，各逞剧烈的词锋，互相攻击。两面的报纸上，事实都很少，揭载出来的事实，已经都是旧闻，好像从昨天起，便已经过了一个月的样子。

传布着各种的风闻，宣传哥萨克兵要从南方进莫斯科，来帮"祖国及革命救援委员会"，又传说在符雅什玛已经驻扎着临时政府的炮兵和骑兵了。

"一到夜，大战斗一定开场的。"有人在群众中悄悄地说。

华西理听到了这样的话。但这样的话，由他听去，恰如在脚下索索地响的尘芥一般。

于是他的神经就焦躁起来。但他想，夜间真有大战斗，则此后如夏天的雷雨一过，万事无不帖然就绪，也说不定的。

但他被街街巷巷的人群所吓到了。离市街中央愈远，则群众的数目也愈多。无论哪一道门边，无论哪一个角落，都是人山人海。而且所有的人们，都用了谨慎小心、栗栗危惧的眼色，向市街中央遥望，怯怯地挨着墙壁，摆出一有变故便立刻离开这里、拼命逃窜、躲到安稳的处所去的姿势来。

华西理在街街巷巷里走，直到黄昏时候，然而哀愁和疑虑，却始终笼罩着他的心。

"现在做什么好呢？到哪里去好呢？"他自己问起自己来了，然而寻不出一个回答。

母亲的痛苦

在普列思那，当开始巷战这一天，人们就成群结队地在喧嚷。住在市梢的穷人们，都停了工作，跑向大街上来，诧异着奇特的情形，塞满了步道。到处争论起来，骂变节者，责反叛者，讲德国的暗探，有的则皱了眉头，看着那些挟枪前往中央战场的工人们。有的在哭泣，有的在祷告。

偶然之间，也听到嘲笑布尔乔亚、徒食者和吸血鬼之类的声音。但那是例外，这灰色脸相的穿着肮脏衣服的人们，脸上打着穷字的印子的人们，对于事件，是漠不关心的。他们嗑着向日葵籽，和大家开玩笑……而且所有的人，好像高兴火灾的孩子一样，都成了非常畅快的心情。到了黄昏，战斗渐渐平静，情势转到好的一面，大概便以为俄罗斯人各自期待着的奇迹，就要出现了。

华尔华拉·罗卓伐——亚庚的母亲——知道，儿子已经加入红军，往市街去了。她此刻就跑到门边、街角，巴理夏耶·普列思那的广场那里，看儿子回来没有。

"我要责罚他！"她并不是对谁说，高声地骂道，"到队里去报名，这小猪。"

她轻轻地叹一口气，对着那些塞满了马车、电车和摩托车全不通行了的车路，接连地走过去的通行人，睁眼看定，眼光像要钉了进去的一般。到傍晚，各条大街上，人堆更是增加起来了。红军们散成各个，拖着疲乏的脚，跄跄踉踉，费力地拿着枪，挂在带上的空了的弹药囊在摇摆。这些人们，是做过了一天的血腥的工作来的。群众拉住他们，围起来，做种种的质问。

亚庚却没有见。

他的母亲机织女工，便拉住了陆续走来的红军，试探似的注视他们的眼睛，问他们可知道亚庚，遇见了没有。

"是十六岁的孩子，戴灰色帽子，穿着发红的颜色的外套的。"

"在哪里呢？不，没有遇见。"总是淡淡地回答说，"因为人很多啊。"

机织女工心神不定地问来问去，从街上跑进家里，从家里跑到街上，寻着、等着，暗暗地哭了起来。

耶司排司被亚庚的母亲的忧愁所感动，在天黑之前，便向市街的中央，到尼启德门寻亚庚去了。但是，一回来，机织女工便看定了他，老眼中分明流着眼泪，寻根究底地问。她显出可怜的模样来了，头巾歪斜，穿旧了的短外套只有一只手穿在袖子里，从头巾下，露出稀疏的半白的卷发来。

"是偷偷地跑掉的啊,"她总是说,"还是早晨呀。他说'我到门口去一下',从此可就不见了。唉唉,上帝,这到底是怎么的呢?"

她凝视着耶司排司,好像是想以这样的眼色来收泪。并且祷告似的说道:"安慰我吧!"

从她眼里,和眼泪一同射出恐怖的影子来。耶司排司吃惊了,又不能不说话,便含糊着说道:

"你不要担心吧,华尔华拉·格里戈力夫那。大约是没有什么吓人的事的。"

但她心里知道这是假话,半听半不听地又跑到门那边去了。

门的附近为人们所挤满,站着全寓的主妇们,一切都不关心的老门丁安德罗普,还有素不相识的人们。于是她便对他们讲自己的梦:

"我梦见我的牙齿,统统落掉了。连门牙,连虎牙,一个也不剩。我想:'上帝呀,这教我怎么活下去呢?怎么能吃喝呢?'早上起来,想:'这是什么兆头啊?'那就是:亚庚·彼得罗微支到红军里去报了名。如果他给人打死了,教我怎么好呢?我是许多年来,夜里也不好好地睡觉,也不饱饱地吃一顿面包,一心一意地养大了他的,但到现在……"

她还未说完话,就呜咽起来了,用了淡墨色的克什米尔的手巾角,拭着细细的珠子一般的眼泪。

"喂喂,"耶司排司看着她那痉挛得抽了上去的嘴唇,说,"华尔华拉·格里戈力夫那,不要这么伤心了。大概,一切都就要完事了。大概,就要回来的,如果不回来,明天一早就走遍全市去寻去，会寻着的。人，不是小针儿，会寻着的。"

他想活泼地、热心地说，来安慰她，然而在言语里，却既无热气，也无欢欣。华尔华拉悄然离开了这地方，人们便低声相语，说亚庚是恐怕已经不在这世上了。

"做那样的梦。母亲做了那样的梦，儿子是不会有好事情的。"

这时候，听得在市街那面开了枪。大家都住了口，觉得在亚庚是真没有什么好事情了。因为有着这样的忧虑，那逐渐近来的夜，就令人害怕起来……

可怕的夜

这晚上，天色一黑，便即关了门，但谁也不想从庭中回到屋里去。门外的街道上，没有了人影子，但偶然听到过路的人的足音，骇人地作响。胆怯了的人们，怕孤独，怕自己的房，都在昏暗的庭中聚作一团，吸着潮湿的秋天的空气。而且怕门外有谁在窃听，大家放低了声音来谈天。华西理不舒服了，便在庭中踱来踱去，默默地侧了耳朵，听着夜里就格外清楚的枪声。刚以为远处的卢比安加方面开了枪，却又听得近地在毕毕剥剥地响。什么地方起了"乌拉"的叫喊，又在什么地方开了机关枪。有摩托车在巴理夏耶·普列思那疾驱而过了，由那声音来判断，是运货摩托车。

"彼得尔·凯罗丁也不在啊。"耶司排司向人大声说。

"在那边吧？听说现在是成了头儿了，"女人的声音回答道，

"在办烦难的公事哩。"

此后就寂然没有声息，大约是顾忌着凯罗丁家的人在听吧，华西理怅然若失了。说是凯罗丁上了战场，而且还做了首领。不错，他就是这样的人物，这正是像他的事情。他从孩子时候起，原已是刚强不屈的。为伙伴所殴打，他就露出牙齿来，叱骂一通，却绝不啼哭。他和华西理和伊凡，都在这幽静的老地方长成，父母们也交际得很亲密。还在同一的工厂里，一同做过多年的工，将孩子们也送进这工厂里面去。在普列思那最可怕的年头一九〇五年来到的时候，彼得尔和彼得略也夫家的两弟兄，都还是顽皮的孩子，但那时，彼得略也夫老人就在那角落上，被兵们杀死了，那地方，是老树的底下，至今还剩有勖密特工厂的倒坏的好像嚼碎了一般的砖墙。

仿佛已半忘却了的梦似的，华西理还朦朦胧胧，记得那时的情状。

被害者的尸身，顺着格鲁幡基横街，从石上被拖了去，抛在河里了。那时候，母亲是哭个不了，骂着父亲，怨着招致那死于这样的非命的行为。孩子们也很哀戚。但后来自觉而成了社会主义者，却将这引为光荣了：

"亡故了，很英勇地……"

他的父亲是社会革命党员，颇为严峻的人。他的哥哥伊凡，就像父亲，也严峻。

但凯罗丁成了布尔什维克，是那首领……

儿童时代已经过去，现在是投身于政党生活之中了。虽然也曾一同捕捉小禽，和别的孩子们吵架，但一切都已成了陈迹，彼得尔去战斗，伊凡去战斗，连那乳臭的亚庚也去战斗了。

一九〇五年和现在，可以相比吗？倘使父亲还活着，此刻恐怕要看见非常为难的事情了吧。

在普列思那时时起了射击，距离是颇近的。听到黑暗中有担忧的声音：

"连这里也危险起来了吗？"

大家侧着耳朵，默默地站了一会儿。

"呜……呜……天哪。"听到从什么地方来了低低的哭声，"唉唉，亲生的……啊啊啊……"

"那是什么？是在哭吗？"有谁在黑暗中问道。

"华尔华拉在哭，"女人的声音带着叹息，说，"为了亚庚啊。"

大家聚成一簇，走近华尔华拉家的放下了窗幔的窗下去，许多工夫，注视着隐约地映在幔上的人影，听到了绝望的叹息和泣声：

"啊，亲生的……啊，上帝呀……啊啊啊！……"

"安慰她去吧，一定是哭坏了哩，事情的究竟也还没有明白。"女人们沉思着，窃窃私语，互相商量了之后，便去访华尔华拉，长谈了许多时。

"哺，哺，哺……"在窗边听得有人在那里吹喇叭。

华西理始终默默地在沿着围墙往来，总是不能镇定。母亲出来寻觅他了，用了别人听不见的声音说道：

"凡尼加[1]没有在。也许会送命的呢。"

华西理什么也不回答，自己也正在很担心。

---

[1] 伊凡的亲昵称呼。

贝拉该耶（华西理的母亲）也和别的女人一同，宽慰华尔华拉去了，但一走出庭中，便又任着她固有的无顾忌，放开了喉咙说：

"他们自以为社会主义者，好不威风，皇帝是收拾了，政治却一点也做不出什么来。吵架、撒谎，可是小子们却还会跟了他们去。你瞧！将母亲的独养子拐走了。"

"但你的那两个在家吗？"有人在暗中问道。

"就是两个都死了，也不要紧。"贝拉该耶认真地说，"我真想将社会主义者统统杀掉。一九〇五年的时候，很将他们打杀了许多、枪毙了许多哩，但是又在要杀了吧？"

"现在是他们一伙自己在闹，用不着谢米诺夫的兵了。"

"闹的不是社会主义者，是民众和布尔乔亚啊。"有谁在黑暗里发出声音来，说，"总得有一天，开始了真的战争才好哩。"

大家都定着眼睛看，知道了那声音的主子，是先前被警察所监视的醉汉，且是偷窃东西的事务员显庚。

"你为什么不到那里去呢？"贝拉该耶忿忿地问道，"那不正是你大显本领的地方吗？"

显庚窘急了。

"我是，因为我已经有了年纪。我先前也曾奋斗过了的。"

"不错，不错，我知道，怎样的奋斗，"彼得略以哈嘲笑地说，"我知道的。"

群众里面起了笑声。

"在那里的，是些什么人呀！"耶司排司想扑灭那快要烧了起来的争论，插嘴说，"布尔乔亚者，普罗列塔利，社会主义者……夹杂在一起的，都是百姓，都是人类。但真理在哪里呢，谁也不知道。"

但当将要发生争论，彼得略以哈想用挑战的口调来骂的时候，却有人在使了劲敲门了。

"啊呀……"一个女人叫道。接着别的女人们便都惊惶失措，跑到自己的门口去，想躲起来。

"在那里的是谁呀？"耶司排司走到大门旁边，问着说。

而那发问的声音，是有些抖抖的。

"是我，伊凡·彼得略也夫。"在门外有了回音。

"唉唉，凡纽赛[1]，"耶司排司非常高兴了，"你哪里去了呀？"

在开门之际，人们又已聚集起来，围住了伊凡，这样那样地问他市街情状。但伊凡非常寡言，厌烦似的只是简单地回答：

"在开枪。死的不少。住在市街里的，都在逃难了。"

一听到这响动，华尔华拉便跑了来，但只在裸体上围着一块布，并且问他看见亚庚没有。

"不，没有看见。"

"打死的很多吗？"

"很多。"

伊凡用了微微发抖的声音，冷冷地回答：

"死的很多。两面都很多……"

他说着，便不管母亲的絮叨，长靴囊囊地走掉了。于是听得彼得略也夫的寓居的门，擦着旧的生锈的门臼，戛戛地推开，仍复砰然一响，关了起来。

"死的很多……这真糟透了！"有谁叹息说。

---

[1] 伊凡的亲昵称呼。

暗中有唏嘘声，是华尔华拉的呜咽。夜色好像更加幽暗，站在这幽暗中的人们，也好像更加可怜、无望，而且是没有价值的人了。

"大家在开枪，大家在开枪。"一个声音悲哀地说。

"是的。而且大家在相杀哩。"另一个附和着。

"而且在相杀……"

"噼啪！……轰！……啪，轰，轰！"市街方面起了枪声和炮声。人家的屋顶和墙壁的上段，霎时亮了一下，而相反，暗夜却更加黑暗、骇人了。

"那就是了。"华西理望着在空中发闪的火光，想，"那就是以真理为名的大家相打啊……"

他于是茫然伫立了许多时。

两个儿子

伊凡怕和母亲相遇，她是要叱骂、责备的。幸而家里谁也不在，他便自去取出晚膳来，一面想，一面慢慢地吃。华西理一回来，从旁望着哥哥的脸，静静地问道：

"你哪里去了？"

"亚历山特罗夫斯基士官学校去了。"伊凡将面包塞在嘴里，坦然回答说。

刚要从肩膀上脱下外套的华西理，便暂时站住了。

"向白军报了名吗？"

伊凡沉默着点一点头，尽自在用膳。他那平静的态度和旺盛的食量，好像还照旧，并没有什么变化似的。

"还去吗？"

"自然。约定了明天早上去，才回来的，因为有点事。明天就只在那里了，一直到完结。"

华西理定睛看着哥哥，仿佛初次见面的一样。伊凡却颇镇定，只在拼命地吃。然而脸色苍白，一定是整夜没有睡觉。眉间的皱纹刻得很深，头发散乱，额上拖着短短的雏毛。

"可是你怎么呢？不在发糊涂吗？"

伊凡望着圆睁两眼的弟弟的脸，将用膳停止了。

"还用得着发糊涂吗？"

"是的，自然……"华西理支绌地回答，"但是，一面是工人，就如亚庚似的小子，以及这样的一类……白军的胜利，恐怕未必有把握吧。"

伊凡的脸色沉下来了。

"这是怎么的？哼……我不懂。'白军的胜利。'这意思就是说，你是他们那一面的，对不对？"

"唉，你真是，你真是！"华西理愕然地说，"我不过这样说说罢了……但我的意思，是不想去打他们。因为一开枪，那边就有……亚庚啊。"

伊凡用了尖利的调子，提高声音，仿佛前面聚集着大众的大会时候模样，挥着两手，于是决然推开食器，从食桌离开了。

"我真不懂……华式加[1]，你总是虫子一般地爬来爬去，你和智识阶级打交道，很读了各种的文学书……于是变成一个骑墙角色了。"

---

[1] 华西里的亲昵称呼。

沉闷起来了。华西理沉默着低了头，坐在柜子上，伊凡也沉默着，匆忙地用毛巾在擦手。母亲回来了，直觉到兄弟之间发生了什么事，便担心地看着两人的脸。伊凡的回来，她是高兴的，然而并不露出这样的样子。

"跑倦了吗，浮浪汉？无日无夜地无休无歇啊。蠢材是没有药医的。一对浑虫。"她一面脱掉外套和头巾，一面骂，"现在是到底没有痛打你们的人了！"

"喂，母亲，不说了吧。"华西理道，"说起来心里难受的。"

"我怎能不说呢？糊涂儿子们使我担心，却还不许我说话吗？"

她发怒了，将头巾掷在屋角上。

"你明天还要出去吗？"她一转身向着伊凡那面，尖了声音，问。

伊凡点头。

"出去的。"

"什么时候？"

"早晨。"

母亲瞋恨地瘪着嘴唇，顺下了眼去。

"哦哦，哦哦，少爷。但你说，教母亲怎么样呢？"

伊凡一声不响。

"你为什么不开口呀？"

"话已经都说过了。够了。我就要二十七岁了，是不是？我已经不是小孩子。自己在做的事，是知道的。"

伊凡愤然走出屋子去，他挺出前胸，又即向前一弯，张开两臂，好像体操教师在试筋骨的力量。

"哦哦，少爷……哦哦，"贝拉该耶更拖长了语尾的声音，说，"哦哦，哦哦。"

"算了吧，母亲，"华西理插嘴道，"你还将我们当小孩子看待，但我们是早已成了壮丁的了。"

贝拉该耶什么也不说，响着靴子，走进隔壁的房子里去了。过了半分钟，就听到那屋子里有低低的唏嘘的声音：

"咿，咿，呃……呃……咿，咿……"

伊凡不高兴地皱着眉头。

"哪，哭起来了。"他低声说。

华西理站起身，往母亲那里去了。

"好了吧，母亲。为什么哭呢?"

"你们是只顾自己的。母亲什么就怎样都可以。"贝拉该耶含着泪责数说，"还几乎要杀掉母亲哩。恶棍们杀害了我的男人，现在儿子们又在想去走一样的路。你们是鬼，不是人……咿，咿，咿……我是一个怎样的苦人啊……"

她熬不住，放声大哭了。

华西理在暗中走近母亲去，摸到了她的头，在她额上亲吻。

"哪，好了吧。你不是时常说，人们在生下来的时候，就注定着怎样死法的吗? 那么，即使怎样空着急，岂不是还是枉然的?"

那母亲，因为儿子给了抚慰，便平静一些，虽然还恨恨，但已经用了颇是柔和的调子，说道：

"如果你们是别人的儿子，我就不管，但是自家的啊。无论咬哪一根指头，一样地痛。因为你们可怜，我才来说话的。"

母亲谆谆地说了许多工夫话，华西理坐在她旁边，摸着她的头发，想起她实在也年深月久，辛苦过来的了。自己和伊凡，真不知经了多少母亲的操心和保护：从工厂拿了宣传书来的时候，就是她都给收起，因此得免于搜查。而且从难免的灾难中救出，也有好几回，事情过后，她大抵总是说，幸而祷告了上帝，两个人这才没给捉去的。

华西理觉得母亲也很可怜了。

"哪，好了，妈妈，好了。"他恳切地说。

但伊凡却仍然在点着电灯的间壁的屋子里走来走去，沉着脸，然而不说一句话。

"伊凡，你老实告诉我，要出去吗?"她用了哽咽的声音问。她大约以为用了那眼泪，已经融和了伊凡的心了。

"要出去的。"伊凡冷静地答道。

母亲放声哭出来了。

"这孩子的心不是心，是石头。魂灵像伊罗达[1]一样，因为坏心思长了青苔了。即使我们饿死，他恐怕还是做他自己的事情的。全像那糊涂老子。唉唉，我真是个不幸的人呀!"

于是在黑暗的屋子里，又听到哀诉一般的啼哭。

华西理低声道:

"好了吧，妈妈。够了。"

"还不完吗，母亲!"伊凡用了焦躁的声音说，"你骂到死了的父亲去干什么呢? 说这样的话，还太早哩。"

---

[1] Iroda，犹太的王。

母亲住了哭，阒寂无声了。只有廉价的时辰钟的摆，在滴答滴答地响。屋子里满是愁惨之气，灯光冷冷然，觉得夜的漫漫而可怕。

不一会，头发纷乱、哭肿了眼睛的母亲，便走到伊凡在着的屋子里，来收拾桌上的食器了。伊凡垂着头，两手插在衣袋里，站在桌子的旁边。对于母亲，他看也不看，只在想着什么远大的重要的事件。华西理也显着含愁的阴郁的脸相，从没有灯火的屋子里走了出来。母亲忽然在桌边站住，伸开一只手，悲伤地说道：

"听我一句话吧，我是跪下来恳求也可以的：'儿子，不要走！'虽然明知道从你们看来，我就如同路边的石块，但恳求你——只是一件事……"

于是她将手就一挥。伊凡只向母亲瞥了一眼，便即回转身，开始从这一角到那一角地，在屋子里来回地走。

"橐，橐，橐。"响着他的坚定的脚步声。

华西理觉得心情有些异样，便披上外套，走到外面去了。

再见！

　　庭院里还聚集着人们，站在门边，侧着耳朵在听市街和马路上的动静。枪声更加清楚了，好像已经临近似的。

　　"一直在放吗?"华西理问一个柱子一般站在暗中的男人道。

　　"在放啊，"那人答说，"简直是一分钟也不停，一息也不停地在放啊。"

　　"是的，在撒野了。"有人用了粗扁的声音说，华西理从那口调，知道是耶司排司。

　　"你还在这里吗，库慈玛·华西理支?"华西理便问他道。

　　"因为一个人在家里，胆子小啊。许多人在一处，就放心得多了。"

　　"不知道现在那边在干什么呢? 真麻烦，唉唉。"在旁边的一个叹息说。

"对呀对呀，但愿没有什么。"

大家都沉默着侧着耳朵听。很气闷。枪炮火的反射，闪在低的昏暗的天空。

"可是亚庚回来了没有呢？"华西理问道。

"不，没有回来。大概，这孩子是给打死了的。"耶司排司回答说，但立刻放低了声音，"可是华尔华拉总好像发了疯呢。先一会儿是乱七八糟的样子，跑到这里来，说：'给我开门，寻儿子去，我立刻寻到他。'真的。"

"后来呢？"

"哪，我们没有放她出去啊。恰好有些女人们在这里，便说这样、说那样，劝慰了她，送她回了家。此刻是睡着，平静了一点了。"

大家又沉默了下来。

家家的窗户里还剩着半灭的灯火，人们在各个屋子里走，看去仿佛是影子在动弹。除孩子以外，没有就寝的人。连那睡觉比吃东西还要喜欢的老门丁安德罗普，也还在庭中往来，用了那皮做的暖靴踏着泥地。

起风了，摇撼着沿了庭院围墙种着的菩提树的精光的枝条，发出凄惨的音响，在一处的屋顶上，则吹动着脱开了的板片，啪啪地作声。从市街传来的枪声，更加猛烈了，探海灯的光芒，时时在低浮的灰色云间滑过，忽动忽止，忽又落在人家的屋顶上，恰如一只大手，正在搜查烟突和透气窗户的中间。

安德罗普这才抬起头来，看了这光之后，说：

"啊呀，天上现出兆头来了。"

"不，那不是兆头，那就是叫作探海灯的那东西。"耶司排司说明道。

然而安德罗普好像没有听。

"哦。是的……舍伐斯妥波勒有了战事的时候，也有兆头在天空中出现的：三根柱子和三把扫帚。一到夜，就出现。那时的人们是占问了的，那是什么预兆呢？可是血腥气的战争就开场了。但愿没有那时一般的事，这才好哪。"

"现在却是无须有兆头，而血比舍伐斯妥波勒还要流得多哩。"

"哦，哦。"安德罗普应着，但并不赞成耶司排司。

"可是总得有个兆头的。是上帝的威力呀。唉唉，杀人，是难的呢。杀一只狗也难，但杀人可又难得多多了。"

"啊啊，你，安德罗普，你真会发议论。现在却是人命比狗命还要贱了哩。"女人的声音在暗地里说，还接下去道，"你听，怎样地放枪？那是在打狗吗？"

"所以我说，杀人是难的呀。总得到上帝面前去回答的吧，"安德罗普停了一停，"上帝现在是看着人们的这模样，正在下泪哩。"

"那自然，"耶司排司说，"是瞠着眼睛在看的啊。"

又复沉默起来，倾听着动静。射击的交换也时时中止，但风还是不住地摇撼着树枝，发出凄凉的声音。

什么地方的锈了的门臼上的门，戛戛地一响，几个人走出庭院里来了，因为昏暗，分不清是谁，只见得黑黑的。他们默然站了一会儿，听着动静，吐着叹息，回进屋子去，却又走了出来。大家聚作一团，用低声交谈，还在叹着气。话题是怎样才可以较为安稳地度过这困难的几天，而叹息的是这寓所中男少女多，没有警备的法子。

华西理回进屋子里面时，伊凡已经睡了觉，母亲则对着昏灯，一肘拄着桌子，用手支了打皱的面庞，坐在椅子上。伊凡微微地在打鼾，一定是这一天疲劳已极的了。

"还在开枪吗?"母亲静静问道。

"在开。"

华西理急忙脱下衣服，躺在床上了，然而很不容易睡去。过去了的今天这一日，噩梦似的在他胸脯上面压下来了。被杀了的将校的闪闪的长靴，"该做什么呢"这焦灼的问题，哭得不成样子了的亚庚的母亲的形相，都在他眼前忽隐忽现。他只想什么也不记起，什么也不想到……母亲悄悄地叹一口气，在微明的屋子里往来，后来坐在圣像面前，虔心祷告了好久，于是去躺下了。

华西理是将近天明这才睡着的，但也不过是暂时之间，伊凡便在旁边穿衣服叫他起来了。屋子里面，已经有黯淡的日光射入。伊凡蓬着头发，板着脸孔坐在床沿上穿他的长靴。

"去吗?"华西理低声问。

"出去。"

"哦，出去的。"右邻室里，突然发出了严厉的母亲的声音，"莫非伊凡不在场，就干不成那样的事情吗?"

于是住了口，恨恨地叹一口气。她是通夜不睡，在等候着这可怕的瞬间的。

伊凡赶忙穿好了衣服。

"那么，母亲，再见。请你不要生气……闹嚷着唠唠叨叨，也不中用的。”

他便将帽子深深地戴到眉头，走向房门去了。母亲并不离床，也不想相送。

“等一等，我来送吧。”华西理说。

“你又要到什么地方去吗？”母亲愁起来了。

“我就回来的。单是送一送。”

两弟兄走出家里了。大门的耳门，是关着的。耶司排司站在那旁边，显着疲倦的没精打采的眼神，犟着脸。他在做警备。

“出去吗？”他问。

“是的，再见，库慈玛·华西理支。”伊凡沉静地说，微微一笑，补上话去道，“就是有什么不周到的事，也请你不要见怪吧。”

“噫。”耶司排司叹了一声，不说一句别的话，放他们兄弟走出街上了。

街上寂然，没有人影，枪炮声还是中断的时候多。

这是战士们到了黎明，疲乏了，勉勉强强地在射击。

两弟兄默着走到巴理夏耶·普列思那。带白的雾气，从池沼的水面上升起，爬进市街，缠在木栅、空中和墙壁上。工人们肩着枪，带上挂着弹药囊，三五成群地走过去。华西理包在雾里，将身子一抖，站住了。

“哪，我不再走下去了。”

“自然，不要去了，再见。”伊凡说，向兄弟伸出手来。

他很泰然自若。

华西理忽然想抱住他的脚，作一个离别的亲吻，但于自己的太容易感动，又觉得可羞，便只握了那伸出的手。

"再见……但你说……你不怀疑吗?"

"疑什么?"

"就是那个,你自己……可是对的?"

伊凡笑了起来,挥一挥手。

"你又要提起老话来了?抛开吧。"

于是戴上手套,回转身,开快步跑向市街那面去了。

雾愈加弥漫起来,是浓重的、灰色的、有黏气的雾。

华西理目送着哥哥的后影。只见每一步,那影子便从黑色变成灰色,终于和浓雾融合,消失了。但约有一分钟模样,还响着他的坚定的脚步声。

"橐,橐,橐……"

于是就完全绝响。

"爱国者"

　　伊凡走出普列思那的时候，在街街巷巷的道路上，不见有一个人，只是尼启德门后面的什么地方，正在行着缓射击。动物园的角落和库特林广场的附近，则站着两人或三人一队的兵士，以及武装了的工人，但他们在湿气和寒气中发抖，竖起外套的领子，帽子深戴到耳根，前屈了身躯，两脚互换地蹬着在取暖。

　　他们以为自己的一伙跑来了，对伊凡竟毫不注意，因了不惯的彻夜的工作，疲倦已极，只是茫然地、寂寞地在看东西。

　　伊凡从库特林广场转弯，走进诺文斯基列树路，再经过横街，到了亚尔巴德广场。在亚尔巴德广场的登记处那里，接受加入白军的报名。这途中，遇见了手拿一卷报纸的战战兢兢的卖报人，那是将在白军势力范围的区域内所印的报章《劳动》，瞒了兵士和红军的眼，偷偷地运出亚尔巴德广场来的一伙人。他们是胆怯的，注视着伊凡，向旁边回避，但看见伊凡并没有什么特别留神的样子，便侧着耳，怯怯地看着周围，跑向前面去了。

在亚尔巴德广场之前的三区的处所，有着士官候补生的小哨。从昏暗里，向伊凡突然喊出年轻的、不镇定的沙声来：

"谁在那里？站住！"

伊凡站住了。于是走来了一个戴眼镜、戴皮手套的士官候补生。

"你去哪里？"他问。

伊凡不开口，给他看了前天在士官学校报名之际，领取来的通行许可证。

"是作为自由志愿者，到我们这边来的？"

"是的。"

士官候补生便用了客气的态度，退到旁边去了，当伊凡走了五六步的时候，他便和站在街对面的同事谈天。

"哦，他们里面竟也有爱国者的。"有声音从昏暗的对面答应道。

听到了这话的伊凡，不高兴起来了。他现在的加入白军的队伍，和自己一伙的工人们为敌，是并非由于这样的爱国主义的。

登记处是一希腊式的、华丽的灰色的房屋，正面排列着白石雕刻的肖像，大门上挂着大的毛面玻璃的电灯，里面已经挤满了人，显得狭小了。大学生，戴了缀着磁质徽章的帽子的官吏，中学生，戴礼帽、外套阔气的青年，兵士和工人等，都纷纷然麇集在几张桌子前面。桌子之后，则坐着几个登录报名的将校。华美的电灯包在烟草的烟的波浪里，在天花板下放着黯淡的光。伊凡在这一团里，发现了若干名的党员，据那谈话，才知道社会革命党虽然已经编成了自己的军队，但那并非要去和布尔什维克战斗，只用以防备那些乘乱来趁火打劫的抢掠者的。

"我们的党里起了内讧了。这一个去帮布尔什维克，那一个来投白军，又一个又挂在正中间。真是四分五裂，不成样子。"一个老党员而有国会议员选举权的、又矮又胖的犹太人莱波微支，用了萎靡不振的声音对伊凡说。

莱波微支是并非加入了投效白军的人们之列的，他很含着抑郁的沉思，在那宽弛的大眼睛里，就显着心中的苦痛和懊恼。

"哪，我一点也决不定了，现在该到哪里去、该做什么事。"他愀然叹息着说。

他凝视着伊凡的脸，在等候他说出可走的路、可做的事来，但伊凡却随随便便地冷冷地说道：

"你加入白军吧。"

莱波微支目不转睛地看定了伊凡。

"但如果我去打自己的同志呢?"他说。

"这意思是?"

"这很简单，就怕在布尔什维克那面，也有同志的党员啊。"

"哪，但是加在布尔什维克那里的人们，可已经不是同志了吧。"

莱波微支一句话也没有回答。

"加入吧，并且将一切疑惑抛开。"伊凡又劝了一遍，便退到旁边，觉得"这人是蛀过了的一类"，于是在心底里，就动了好像轻蔑莱波微支一般的感情。他以为凡为政党员的人，是应该玻璃似的坚硬的。

伊凡在分编投报的人们，归入各队去的桌子的附近，寻着了斯理文中尉。斯理文中尉和他，是一同在党内活动，后来更加亲密了的。这回被委为队长，伊凡便也于前天约定，加入那一队里了。斯理文穿着正式的军服，皮带下挂了长剑和手枪，戴着手套，将灰色的羊皮帽子高高地戴在后脑上。他敏捷地陀螺似的在办事，在登记处里面跑来跑去，向投报人提出种种的质问，挑选着自己所必要的一些特殊的人们。

伊凡还须等候着。走到屋角的窗前时，只见那沉思着的莱波微支还站在那里，但总没有和他谈话的意思。一看见他，伊凡就觉得侮蔑这曾经要好的胖子的心理，更加油然而起了。

那窗门，是正对亚尔巴德广场的，此刻天色已经全明，加了很多的水的牛乳似的淡白，而且边上带些淡蓝的雨云，在空中浮动。广场上面，则士官候补生们在用了列树路的木栅、柴木、木板等，赶忙造起防障来，恰如正在游戏的孩子们一般，又畅快又高兴，将这些在路上堆成障壁，然后用铁丝网将那障壁捆住。几个便衣的男子在帮忙。络腮胡子剪成法兰西式的一个美丈夫，服装虽然是海狸皮帽和很贵的防寒外套，但在背白桦的柴束。被压得跄跄跟跟地走来，将柴掷在防障的附近，便用漂亮的手套拂着尘埃，又走进那内有堆房之类的大院子里去了。不久他又从门口出现，将一条带泥的长板拖到防障那边去，一到，士官候补生便接了那板，放在叠好了的柴木上。这美丈夫的防寒外套从领到裾，都被泥土和木屑弄得一塌糊涂了。

工作做得很快。从各条横街和列树路通到广场的一切道路，都已被防障所遮断。士官候补生们好像蚂蚁，在防障周围做工，别的独立队则分为两列，开快步经过广场，向斯木连斯克市场和尼启德门那方面去，又从那地方退了回来。和这一队一同，大学生、中学生、官吏和普通人等，也都肩了枪，用了没有把握的步调在行走。

"啪，啪，吧，啪……"

在登记处那里远远地听到，尼启德门附近和莫斯科大学那一面，射击激烈起来了。伊凡很急于从速去参加战斗，幸而好容易才被斯理文叫了过去，说道：

"去吧。已经挑选了哩，将那些本来有着心得的。要不然，就先得弄到校庭里去操一天……但我们能够即刻去。"

一分钟之后，伊凡已和一个银鼠色头发的大学生，并排站在登记处附近的步道上面了。于是斯理文所带的一队，显着不好意思的模样，走出广场，通过了伏士陀惠全加，进向发给武器的克里姆林去。这时候，射击听去似乎就在邻近的高大房屋之后，平时很热闹的伏士陀惠全加则空虚、寂寞，简直像是闭住了呼吸一般。只在大街的角落上，紧挨了墙壁，屹然站着拿枪的士官候补生和义勇兵等。斯理文是沿了步道，在领队前进的，但已听到枪弹打中两面的房屋上部的声音，剥落的油灰的碎片，纷纷迸散在步道上面了。

义勇兵等吃了一惊，簇成一团，停住脚，就想飞跑起来。斯理文所带的一队，就经过托罗易兹基门，进了克里姆林，而克里姆林则阒寂无人，呈着凄凉的光景。但已经看见了兵营的入口和门的附近的哨兵。

伊凡最初也看不出什么异样的情景来，觉得克里姆林也还是历来的克里姆林模样。那黄色的、沉默的、给人以沉闷之感的兵营，久陀夫修道院的红色的房屋，在这房屋对面的各寺院的金色的屋盖，都依然如故。在兵营的厚壁旁边，也仍旧摆着"大炮之王"。

然而一近兵器厂的门的时候，走在前面的义勇兵却愕然站住了。

"快走，快走，诸君！"斯理文不禁命令说，"快走！"

为这所惊的伊凡，从队伍的侧面一探望，便明白那使义勇兵大吃一惊的非常的原因了。车路上、兵器厂和兵营之间的广场上，无不狼藉地散乱着兵士的制帽、皮带、撕破了的外套、折断了的枪身、灰色的麻袋之类。被秋天的空气所润泽的乌黑的路石上，则斑斑点点印着紫色的血痕。在兵器厂的壁侧，旧炮弹堆的近旁，又叠着战死的兵士和士官候补生的尸骸，简直像柴薪一样。

满是血污的打破了的头，睁开着的死人的眼，浴血的一团糟的长外套，挺直地伸出着的脚和手。

就在兵器厂的大门的旁边，离哨兵两步之处，还纵横地躺着未曾收拾的死尸。最近的两具死尸的头颅，都被打碎了，从血染的乱发之间，石榴似的开着的伤口中，脑浆流在车路上。胶一般凝结了的血液，在路石上黏住，其中看去像是灰色条子的脑浆，是最使伊凡惊骇的了。

变成苍白色了的义勇兵便即停步，连忙屏住呼吸，在那脸上，明明白白地显出恐怖和嫌恶之情来。

站在门旁的一个士官候补生，略一斜瞥义勇兵的脸，便自沉默了。广场也沉默了。这是一片为新的未曾有的重量所压住了的石头的广场。

"在这里是……出了什么事呀?"有人发出枯哑的沙声,问士官候补生说。

被问的士官候补生身子发起抖来,连忙转脸向了旁边,声不接气地说道:

"战斗……"

他是将这样的质问,当作一种开玩笑了,候补生于是仿佛在逃避再来质问似的,经过了这些可怕的死尸的旁边,走向对面去了。

"战斗……这是战斗哪。"伊凡一面想,一面用了新的感情,并且张开了新的眼,再来一望前面的广场。

这以前,国内战争在他仅是一个空虚的没有内容的音响,即使有着内容,那也不过是微细的并不可怕的东西罢了。

国内战争是怎样的呢?原以为就如大规模的打架。所以这回的战斗,会有这么多的现在躺在眼前那样不幸的战死者,是伊凡所未曾想到的。

打破了的头颅,胶似的淤积着的血块,流在车路上的脑浆,不成样子的难看的可怕的人类的尸体,这就是国内战争。

伊凡觉得为一种新的感觉所劫持,而且被其笼罩,发生了言语难以形容的气促,呼吸都艰难起来了。向周围一看,则前面的枢密院的房屋和久陀夫修道院的附近,都静悄悄地绝无事情,从那屋顶上,便看见各教堂高耸着的黄金的十字架。白嘴乌在克里姆林的空中成群飞舞,发着尖利的啼声。天空已经明亮,成为蔚蓝,只有透明的、缭绕的花带一般的轻云,在向东飞逝,从云间有时露出秋天的无力的太阳来。其时教堂的黄金的十字架骤然一闪,那车路上的血痕,便也更加明显地映在眼里了。

流着脑浆的最末的兵士，是仰天躺着的，因为满是血污，也就看不出他是否年轻、是否好看来了。但当看见日光照耀着那擦得亮晶晶的长靴和皮带的铜具时，伊凡忽而想到：

"他是爱漂亮的。"

这思想异样地使他心烦意乱。现在也许他正用了只剩皮骨的手，在擦毛刷吧……

在兵器厂里，将步枪、弹药囊、弹药、皮带等，发给了义勇兵。

义勇兵们好像恐怕惊醒了战死者的梦似的，不知道为什么，总是用了低低的声音谈话，系好皮带，挂上弹药囊去，不好意思地用手翻弄着枪支。大家都手足无措、举动迟钝起来了，不知怎的总觉得有意气已经消沉的样子……待到走出克里姆林以后，这才吐一口气，和伊凡并排走着的大学生，便喧闹地吹起口笛来，正在叹息，却忽而说道：

"啊，唉，唉，……唔唔，可怕透了。这就是叫作战斗剧的呀。哦哦。是的……"

于是又叹了一口气。

谁也不交谈一句话，大家的心情都浮躁了。只有斯理文一个还照旧，弹簧似的，撑开着而富于弹力性。

士官候补生之谈

出了克里姆林的一队，径到亚历山特罗夫斯基士官学校，在这里加上了士官候补生和将校，一同向卡孟努易桥去了。斯理文使伊凡穿上士官候补生的外套，这是因为当战斗方酣之际，工人的他，有被友军误认为红军而遭狙击之虞的缘故。听说这样的实例，也已经有过了。这假装，使伊凡略觉有趣了一下。

向卡孟努易桥去，是以四列纵队前进的，士官候补生走在前面。这时步伐一致，一齐进行，所以大家也仿佛觉得畅快起来。四面的街道，空虚而寂静，居民大概已经走避，留下的则躲在地下室中。一切房屋，都门扉紧闭，森森然；一切窗户，都垂下着窗幔，那模样简直像是瞎眼的魔鬼。而在这样的街上发响者，则只有义勇兵们的足音。

"沙，索。沙，索。沙，索。"

这整然的声响，使大家兴奋，而且将人心引到一种勇敢的工作上去了。

守备卡孟努易桥的，是义勇兵第二队，摆着长板椅的石栏杆的曲折之处，平时是相爱的男女，每夜在交谈甘甜的密语的，现在却架了机关枪，枪口正对着札木斯克伏莱支方面。士官候补生和义勇兵，在桥上和桥边的岸上徐步往来。大寺院和宫殿中，都不见人影子，但一切还像平时一样：教堂的黄金的十字架在发光，伊凡钟楼巍然高峙，城墙和望楼以及种种的殿堂，都照旧显着美观；空中毫无云翳，冷然在发青光，秋天的太阳则无力地照耀着。教堂的圆盖上面，有几群白嘴乌在飞舞，发着不安的啼声。

在伊凡的眼中，还剩有在克里姆林所见的毛骨悚然的光景。这华丽的大寺院和宫殿后面，却有被惨杀了的尸骸，藏在那旧炮弹的堆积的背后，想起来总觉得是万分奇怪似的。

伊凡冻得缩了身躯，在岸边徐步。外套失了暖气，帽子不合头颅，枪身使手冷得像冰一样。和他并排走着的大学生，则和一个大脑袋蓝眼睛的士官候补生不住地在谈天。

"对于暴力，应该还它暴力的。"

"但是，这却太过了。"大学生说。

"为什么太过？这是当然的因果报应啊。因为他们要来杀我们，所以我们杀了他们的呀。这就是战斗。"

伊凡知道，那是在讲克里姆林界内的彼此冲突的事了。

"你就在那里吗？"他问士官候补生说。

士官候补生冷冷地一看伊凡。

"是的。从头到尾。"

因为参加了那样特别时候的重大的战斗而自己觉得满足的士官候补生，是暗暗地在等候有人来问的。然而不知道为什么，伊凡却忽而怀了反感了。血块，车路上的脑浆，在皮带的铜具上发闪的日光……他将身子紧靠在河岸的石碣上，紧到连冷气都要沁了进来，于是一声不响了。从显着蹙额含愁的脸相的他的军帽下面，挤出着蓬松的头发，而且无缘无故地，他用劲捏紧了枪身。

在桥下面，是潺潺地流着冷的澄净的秋波，漾着沉重的湿气。

大学生还在问，听到冷冷的威吓似的回答。

"等到他们降伏了，约定将武器抛在那纪念碑旁边的，看见吗，那纪念碑？"

"看见的。"大学生答说。

"于是我们这队就走过了门，进到克里姆林来了。因为以为他们讲的是真话啊。"

士官候补生暂时住了口。

"但是……他们是骗子。突然开枪了。因为知道我们是少数啊。用机关枪……许多人给打死了。中队的我的同僚也给打死了。体操教师也给打死了。此外许多人给打死了……"

"哦。那么，后来呢？"大学生急忙问道。

"后来我们就从古达斐耶桥那里，向着门突进，给他们没有关门的工夫。铁甲车来了，又一辆来了……于是就给他们一个当面射击。当面射击啊！"

士官候补生近乎大喝地说道：

"当面射击啊！"

伊凡的心里觉得异样了。

"后来我们这队就用机关枪和步枪冲锋。他们躲在兵营里，从窗间和屋上来开枪。但我们将他们……用当面射击！于是狼狈着叫道：'降伏了。'有些窗子上是白旗。他们怕得失掉了人性子。爬爬跌跌，嚷着'饶命'，'呜呜'喊着。浑身发抖，脸色铁青，跪下去。有的还亲吻地面，划着十字这种情景哩。"

在伊凡的眼里，立刻现出这爬爬跌跌、乱嚷乱叫的人们的情景来，在石造的黄色的沉闷的屋子里，往来奔逃，而机关枪则在啪啪啪啪地将他们扫射。

"就使他们收拾了他们一伙的死尸的。"士官候补生说，"他们就堆在炮弹后面。见了没有？那里就有着死尸哩。"

士官候补生的声音中，响着自夸胜利的调子。

"就这样地打烂了他们，占领了克里姆林了。"

他歪着嘴，浮出微笑来。于是足音响亮地沿着桥的栏杆走去了。

伊凡紧咬了牙关。

"见鬼！这便是那……"他禁不住想。

从士官候补生的谈话里透露出来的残酷，使他吃了惊。种种的思想，成为旋风，吹进心里去，发着一种紧张的哀伤的音响。他忽然想高擎步枪，出乎头顶之上，将这掉在桥下的水里，头也不回地拔步飞跑了……但伊凡抑制着自己，知道这不过是一时的激情。

"就会平静的。"

他忍耐着，来来往往，在河岸上走了许多时，脚步声不住地在发响：

"橐，橐，橐……"

广场上的战斗

正午时分，布尔什维克从札木斯克伏莱支试向卡孟努易桥进攻，不知道从哪几个角落里，炮声大震，四邻人家的窗户都瑟瑟地响了起来。

士官候补生、将校和义勇兵们，就躲在河岸的石壁之后，开始应战。在桥上，机关枪发出缝衣机器一般的声音。伊凡连忙用石块作为障蔽，将枪准备妥当，以待射击的良机，侧了耳朵倾听着。

"在给谁缝防寒外套呀。"和伊凡并排伏着的大学生，将下巴撅向机关枪那面，愉快地笑着说，"正好赶得上冬天哩。"

机关枪是周详审慎，等着好机会，停一会儿响一通。河对岸的大街上，时或有人叫喊，但那声音，却觉得孤独而悲哀。为枪声所惊的禽鸟，慌忙飞上克里姆林和救世主大寺院的空中，画着圆圈，飞翔了一会儿，下来停在屋顶上，但又高飞而去了。

过了大约二十分钟，波良加方面的枪声沉默了，又成了平静。

"一定的，打退了。"大学生断定说。

"一定的。"伊凡正从石壁后面走上，附和道。

他冷了，手脚全都冻僵，觉得受不住。在桥下面，河水微微有声，空气满含着极寒的气息，从水面腾起带白色的水蒸气来。义勇兵们无聊起来，聚成了个个的小团，但谈话总无兴致。据哨兵的话，则在那些远离市中央的街道上，挤满着人们，布尔什维克就混在群集里，向士官候补生开着枪，然而什么对付的办法也没有。

义勇兵第八队就这样寂寞地无聊着，在桥上一直到傍晚。

但这时候，在尼启德广场、戏院广场、亚呵德尼·略特、普列契斯典加这些地方，到处盛行射击，大家觉得布尔什维克也许会进而突入后方，从背后袭来，立刻万事全休的。然而从士官学校前来的别的义勇兵们，却以为布尔什维克的兵力并不多，所以不至于前进。

这报告使大家安心，但又无聊起来了。

一到傍晚，从札木斯克伏莱支方面传来了钟声，河下的教堂的钟，便即和这相应和。但那音响，却短而弱，而低。伊凡一想，就记得明天是礼拜日，所以在鸣钟做晚祷了。

在枪声嚣然的市街里，听到这平和的屏弱的钟声，是很可怕的。枪声压倒了钟声，钟声也好像省悟了自己的无力，近地的教堂里的先行绝响，远处的也跟着停声，于是在空虚的街街巷巷所听到的，就和先前一样，只有枪声了。

义勇兵第八队离开桥上时，已是黄昏时分。全队在亚历山特罗夫斯基士官学校的大食堂里用晚膳。食堂的天花板是穹隆形的，壁上挂着嵌在玻璃框里的思服罗夫将军的格言："前进！时时前进！处处前进！"（伊凡看后，起了异样的感觉。）食后并不休息，义勇兵第八队便径向尼启德门那方面去了。

当此之际，伊凡乃得以观察了队员的态度。

不知道为了什么缘故，斯理文和伊凡疏远了，所说的单是一些军务上的事。士官候补生们则以冷静而谨慎的态度，不加批判地、精确地实行着一切的事务。

大学生们，最初是意气十分轩昂，大家大发了议论的。

他们并非简单地来参加了战斗……不！他们是抱着各自的理想前来参加了的。所以大家各以自己为英雄，在争论的样子上，尤其是不顾危险的态度上，就表现着他们的这样的抱负。

但到第一天的傍晚，伊凡便看出他们已经疲乏，脸色青白，在谈话里，显出焦躁的神情来了。

和伊凡并排的大学生加里斯涅珂夫——银鼠色的头发，戴着搁在鼻梁上的眼镜，穿着磨破了的长外套——大大地打了一个呵欠。他是善良的温和的人，有一种大声说出自己意见来的脾气。

"啊，此刻可以睡了吧。"他想着，说，"这于身体是有益的。"

"是的，此刻该可以吧。"伊凡回答道。

但其实也并无可以睡觉那样的工夫。

队伍从亚尔巴德广场经过列树路，走向尼启德门去，这地方不住地在开枪。义勇兵们将身子紧贴着墙，蝉联着一个一个地前进。

枪弹噼噼啪啪地打中列树路的树木，打下枝条来，落在附近的房屋上。因为枪弹响得太接近、太尖锐了，每一响，伊凡便不禁一弯腰，急忙从这凸角奔到那凸角去。大家也跳着走，仿佛被弹簧所拨了的一般。

一同集合在有着圆柱子的白垩房屋的门的附近，尼启德门已经不远了。

斯理文叫出联络哨兵来，指示了该站的位置。在半点钟以前，布尔什维克已经沿着德威尔斯克列树路，开始了前进，所以现在正是战斗很猛的时光。

"这好极了，"加里斯涅珂夫说，他在伊凡的后面，"整天闲着，真要无聊到熬不住的。"

过了一会儿，斯理文不知道跑到哪里去了，托一个年轻的候补少尉，来做这队的指挥。这时候，射击愈加猛烈起来了。

两个士官候补生忽然跳进了门里面，那外套满污着壁上的白粉。

"怎么了?"大家不禁争问道。

"敌在前进，密集了来的。已经到了列树路的喀喀林家附近了。"

形势已经棘手了。又听到枪声之后，接着起了喊声。好像在大叫着"乌拉"。

"听到吗? 在叫'乌拉'。前进着哩。"

伊凡从门里面一窥探，只见在垂暮的黄昏里，有黑影从巴理夏埃·伏士那尼埃教堂方面，向这里奔来。

"瞧吧。闯来了。"一个说。

大家定睛看时，诚然，在闯来了。

"我们也前进吧。"加里斯涅珂夫慌乱着说，"为什么不前进的?"

没有人回答他。

尼启德门边的战斗

这之际，斯理文恰从外庭跑进来了。

"诸君，即刻散开着前进。准备！"

他迅速地分明地命令说。

"要挨着壁，一个个去的。"伊凡机械地自言自语道。

他的心窝发冷了，在背筋和两手上，都起了神经性的战栗。有谁能够打死他伊凡·彼得略也夫之类的事，他是丝毫也没有想到过的，只觉得一切仍然像是游戏一样。

"那么，前进，诸君！"斯理文命令说，"前去，要当心。"

士官候补生的第一团走出门去了。接着是第二团，此后跟了义勇兵，伊凡和加里斯涅珂夫就都在那里面。

在伊凡，觉得市街仿佛和先前有些两样了似的。列树路上的树木和望得见的灰色的房屋，仍如平日一样，挂着蓝色的招牌。只有一个店铺的正面全部写着"小酒店"的招牌，有些异样，但列树路上，却依然是晚祷以前的萧森。

然而确已有些两样了。

"乌拉！"加里斯涅珂夫忽然大叫起来，还对伊凡说，"乌拉，跟着我来呀！"

于是跳到大街的中央，横捏着枪，并不瞄准地就放，疾风似的跑向对面的转角上去了……

"乌拉！"别人也呐喊起来……

大家就好像被大风所卷一般，也不再想到躲闪，直闯向对面的街角去。前面的射击来得正猛，恰如炒豆一样，有东西飞过了伊凡的近旁，风扑着他的脸。但他只是拼命飞跑，竭力地大叫：

"乌拉！乌拉拉拉！"

加里斯涅珂夫跑在前头，士官候补生和义勇兵们则恰如赛跑的孩子似的，跟在那后面。向前一看，只见昏暗的街上和广场的周围，黑色的和灰色的人影已在纷纷逃走了。

"逃着哩。捉住他们。打死他们！"有人在旁边叫着说。

"捉住！打死！"

"噼啪，啪，噼啪啪！"——尖锐地开起枪来了。

义勇兵和士官候补生们直到喀喀林家的邸宅，这才躲在一家药店的门口，停了步。现在列树路全体都看得见了。布尔什维克正在沿着两侧的墙壁，向思德拉司忒广场奔逃，有的屈身向地，有的在爬走，刚以为站起来了，却又跑，又伏在地面上了。义勇兵们将枪抵着肩窝，不住地响着闭锁机，在射击那些逃走的敌。

伊凡并不瞄准，只是乘了兴在射击，但在有一枪之后，却看见工人的黑色的人影倒在步道上，还想挣扎着起来，那身子陀螺一般在打旋转了。

"啊，打着了！"伊凡憎恶地想，便重新瞄准了来开枪。

他的心跳得很厉害，太阳穴上轰轰地像是被铁锤所击似的……他还想前进，去追逃走的敌人，但也就听到了命令道：

"退却！散开退却！"

大家便向后退走，只留下了哨兵，都走进就在邻近的横街上的酒店里。这地方是设备着暖房装置的，要在这里休憩一会儿，温了身躯，然后再到哨兵线上去。

温暖的浓厚的空气，柔和了紧张的心情，当斯理文和一个人交谈之后，将全队分为几部，说道"可以轮流去休息，有要睡的，去睡也行"的时候，伊凡颇为高兴了。

义勇兵们喧嚷着，直接睡在地板上，在讲些空话。伊凡占据了窗边的一角，靠了壁，抱着枪，睡起觉来……

他觉得睡后还不到一秒钟的时候，就已经有人站在他旁边，拉着他的手说话了：

"起来吧。睡得真熟呀。起来吧。"

伊凡沉重地抬了头，但眼睑还合着。

"唔？什么？"

"起来吧。轮到我们了。"

还是那个鼻梁架眼镜的加里斯涅珂夫，微笑着站在他面前，手拿着枪，正要装子弹。

"哪，你真会睡，"他说，奇妙地摇摇头，还笑着，"十全大补的睡。"

酒店里面，人们来来往往，很热闹，然而大家都用低声说话，只有斯理文和另一个留着颚髯的中年的将校，却大声地在指挥：

"喂，上劲，上劲！轮到第二班了。快准备！"

从外面进来了义勇兵和士官候补生们，但那脸面，都已冻得变成青白，呆板了。他们将枪放在屋角上，走近暖炉，去烘通红了的两手和僵直了的指头。从他们的身边，放出潮湿和寒冷的气息。伊凡站起身，好容易那麻痹了的两脚这才恢复过来。他的外套，棍子一般地挺着……

"赶快，赶快！"斯理文催促道。

义勇兵们拥挤着聚在门的近旁。

"要处处留神，诸君。放哨是不能睡的。一睡，不但自己要送命，还陷全队于危险的。你，加拉绥夫，监视着这两个人，"他严肃地转向一个留须的士官候补生，接着道，"你负完全责任，懂了吗？好，去吧。"

于是一个一个从温暖的酒店走去外面了。

射击仍然继续着。空气中弥漫着冷的、像要透骨一般的雾。

"勃噜噜噜，好冷！"加拉绥夫抖着说。

雾如湿的蛛网一样，罩住了人脸。大家因为严寒、亢奋以及立刻就须再到弹雨里去的觉悟，都在神经地发抖，竭力将身子缩小，来瞒过敌人的眼睛。

两人跟着先导者，绕过后街，进了一所大的二层楼屋。这屋子是前临间道，正对着巴理夏耶·尼启德街和德威尔斯克列树路的。

先导者将伊凡和加里斯涅珂夫领进已给弹打坏的楼上的一间房

子里去了，但已有两个士官候补生在这房子里的正对大街的壁下，他们就是和这两个来换班。

微弱的黯淡的光，由破坏了的窗户照在这房子里。在那若明若昧的昏暗中，一个士官候补生说明了在这里应做的事务。然而是义务的语调，仿佛并无恳切之意似的。后来他补足道：

"布尔什维克在那一角的对面的屋子里。屋顶上装着机关枪。他们在想冲到喀喀林邸这面去。"他说着，指点了列树路的那一边，"要射击这里的，所以得很留神。你瞧，这房子是全给打坏了。"

伊凡向四面一看，只见所有窗户都已破坏，因了枪弹打了下来的壁粉，发着尘埃气。顺着门的右手的墙壁，横倒着书橱，在那周围，就狼藉地散乱着书册，被泥靴所践踏。

伊凡留着神，走近窗户去了。

列树路全体都点着街灯，那是从战斗的前夜就点下来的，已经是第三昼夜了，角上的一盏灯被枪弹所击破，炬火一般的大火焰，乘风在柱子上燃烧。因为火光颇炫耀，那些荒凉的列树路上的树木的枝梢，以及突出在冰冻了的灰色的地面上的树根，都分明可以辨别。一切阴影，都在不住地摇摆，映在紧张了的眸子里，便好像无不生活、移动戒备着似的。

士官候补生们走掉了。加里斯涅珂夫将一把柔软的靠手椅，拉到倒掉的窗户那一面，坐了下去，躲在两窗之间的壁下，轻轻地放下枪。

"很好！"他笑着说，"舒舒服服地打仗你以为怎样？"

伊凡没有回答。他默默地用两脚将书籍推开，自己贴在窗户和书橱之间的角落里。他恐怖了，有着被枪弹打得蜂巢似的窗户的毁坏了的房子，击碎了的家具，散乱在窗缘和地板上的玻璃屑，都引起他忧愁之念来。

"啪!"——从对面的屋子里，突然开了枪。

于是出于别的许多屋子里的枪声，即刻和这相应和。

一秒钟之内，列树路的对面的全部，便已枪声大作、电光闪烁了。枪弹打中窗户，钻入油灰，飞进窗户里。

"现在射击不得。"加里斯涅珂夫说，"看呀，他们，看见吗?……"

伊凡从窗框的横档下面，向暗中注视，只见对面横街上的点心店前面，有什么乌黑的东西在动弹。加里斯涅珂夫恰如正要扑鼠的猫一般，蹑着脚，将枪准备好，发射了。

伊凡看时，有东西在那店面前倒下了。

"嗳哈。"他发着狞笑，拿起枪来，也一样地去射击。

四面的空气震动着，发出令人聋瞆的声音。

但一分钟后，列树路转成寂寞了，只从不知道哪里的远处，传来一齐射击的枪声。

伊凡只对准着火光闪过的地方，胡乱地射击。布尔什维克似乎也已经知道开枪的处所了，便将加里斯涅珂夫和伊凡躲着的窗户作为靶子，射击起来。枪弹有的打中背后的墙壁，有的打碎那剩在窗框上的玻璃，有的发着呻吟声，又从砖石跳起。在后面的门外，时时有人出现，迅速地说道:

"要节省子弹。有命令的。"

于是又躲掉了。

"那是谁呀?"伊凡问。

“鬼知道他。也许是联络勤务兵这东西吧。真讨厌。”

伊凡是不知道联络勤务兵的性质的，但一看见严厉地传述命令的人在门口出现，便不知怎的要焦躁起来，或是沉静下去了。思想时而混乱，时而奔放。想到自己的家，想到布尔什维克，想到联络勤务兵，想到被践踏了的书籍……眼睛已惯于房子里的昏暗，碎成片片挂在壁上的壁纸，也分明地看见了。

加里斯涅珂夫默然坐着，始终在从窗间凝神眺望……远处开了炮，头上的空中殷殷地有声。

“啊呵，这是打我们的。”加里斯涅珂夫说，“这飞到哪里去呢？一定的，落在克里姆林。”

他叹一口气，略略一想，又静静地说道：

“这回是真的战斗要开头了。莫斯科阿妈灭亡了。但在先前呢，先前。唉！‘莫斯科……在俄罗斯人，这句话里是融合着无穷的意义的。’是的。融合了的，就是现今也还在融合着。”

他又沉默起来，回想了什么事。

“是的。无论如何，莫斯科是可惜的。但是，同志，你以为怎样？‘为要保全俄罗斯，莫斯科遂迎接蛮族的大军而屡次遭了兵燹，又为了要保全俄罗斯，而莫斯科遂忍受了压抑和欺凌’这样的句子，是在中学校里学过的。”

他自言自语似的，静静地，一面想一面说，也不管伊凡是否在听他。

破了沉寂，炮声又起了。

“哪，听吧，就如我所说的，”加里斯涅珂夫道，“就如我所说的。”

这之后，两人就沉默下去。到了轮班，他们经过后院，走到街上，又向那温暖的酒店去了。

小酒店里，士官候补生和大学生们长长地伸着脚，睡在地板上，几个人则围着食桌，在吃罐头和干酪。大桌子上面，罐头堆积得如山，义勇兵们一面说笑，一面用刺刀撬开盖子来，不用面包，只吃罐里的食物……伊凡已经觉得饥饿，便也狼吞虎咽地吃起来了。

退却

　　义勇兵们是不脱衣服,用两只手垫在头下睡着觉的。每一点钟,便得被叫起来去放哨,但这好像并非一点钟,仅有几分钟的睡眠,比规定时间还早,就被叫了起来似的。睡眠既然不足,加以躺着冷地板、坐着打瞌睡这些事,伊凡的头便沉重起来,成了漠不关心的状态了。嘴里发着洋铁腥,连想到罐头也就觉得讨厌。身边有人在讲两个义勇兵刚才已被打死的事情。伊凡自己,也曾目睹一个同去放哨的大学生,当横断过市街时,倒在地下,浑身发着抽搐的。但是,这样的事,现在是早已不足为奇,意识疲劳,更没有思索事物的力量了。

　　伊凡恰如那上了螺旋的机器似的,默默地遂行了一切。有时也会发作地,生出明了的意识来,然而这也真不过是一瞬息。有一回，忽然觉到门外已经是白昼了。诚然，很明亮，街灯虽然点着，却是黄金的小块一般只显着微黄，而并不发生光耀。什么地方鸣着教堂的钟，炮声轰得更加猛烈。太阳从云间露出脸来，辉煌了一下，又躲掉了。伊凡拼命地瞄了准，就开枪，有时也看看门外，然而一切举动，却全是无意识的。只是一件还好的事，是加里斯涅珂夫在他的旁边。但其实，那也并非加里斯涅珂夫，不过是磨破了的外套，灰色的围巾，露在帽子底下的银鼠色的头发，无意识地映在伊凡的眼里罢了。

"就来换班吗？为什么教人等得这么久的？"加里斯涅珂夫时时大声说。

但有人安慰他道：

"就来换班了，即刻。"

小酒店里，盛传着不久将有援兵从战线上到来，哥萨克兵和炮兵，已经到了符雅什玛的附近。大家争先恐后，来看那载着种种有希望的报告的叫作《劳动》的新闻。

"不要紧的，同志们，我们的事是不会失败的。我们所拥护的，是真的权利，是正义呀！"一个枯瘦的中学生说，"当然有帮手的。"

但他的声音抑扬婉转，大家就觉得讨厌起来了：这是世界的事件，用不着什么娇滴滴的口吻。

吃干酪和罐头，睡了又起来，到哨位去开枪，谈论援兵，骂换班的慢，但大家所期望的，是放心纵意地睡一通。

然而要熟睡，是不行的，因为只能弯腰坐着，或者躺在冰冷的地板上。

被叫了起来，前往哨位的时候，浑身作痛，恰如给人毒打了一顿似的。义勇兵的人数并不多，在小酒店里，形成斑色的群，走进走出，但大家都怨着轮班的太久。

"无休无息地怎么干呢？因为在这里已经混了两日两夜了。"大家说。

"已经两日两夜了吗！"伊凡吃惊道。

屈指一算。不错，过了两日两夜了……

在眼前时时出现的人们之中，伊凡明了地识别了的，是加里斯涅珂夫和加拉绥夫——小队长——以及斯理文这三个。斯理文仍如第一天那么紧张，高戴着羊皮帽，亲自巡视哨位，激励部下，说不久就有援军要到，换班的也就来……他几乎没有睡过觉，所以两眼通红，而且大了起来。但态度却一向毫无变化之处，仅将挂在腰间的手枪皮匣的口，始终开着，以便随时可以拔手枪。

大家都过着冲动的生活。或者用了半意识的朦胧的脑，在作离奇的不成片段的思想，一面打着瞌睡；或者全身忽然弦一般紧张起来，头脑明晰，一切都即刻省悟，动作也变成合适、从容了。

第二夜将尽，伊凡觉得起了精神的变化。这就是，忽然不觉疲劳，也不想睡觉了。大概别的人们也一样，加里斯涅珂夫早不睡在暖炉旁边了，正在大发议论，吃着罐头和干酪。他因为跑得太急遽了一些，就失掉了鼻眼镜，但又记不起是在什么处所了。

"要瞄准了。看不见照尺？怎的，这岂不怪吗？伸手向鼻尖上一摸，没有了眼镜……唉，这真是倒运！可有谁看见吗，诸君，我的眼镜？"

大学生们从什么地方搬了柴来，烧起小酒店里的灶，于是所有桌子上，就出现了滚热的喷香的红茶的茶碗……大家欣然喝茶，起劲谈话，在周围隆隆不绝的枪炮声，关于负伤者和战死者的述说，都早已毫不介意了。

所虑的只是枪弹的不足。酒店的壁下，仅有着三个弹药箱。义勇兵们给他诨名，叫作"管账先生"的一个士官候补生，很爱惜子弹，每发一回，总是说：

"请注意着使用。请只打看得见的目标。"

有一夜，来了探报，说布尔什维克有向着士官候补生们所占据的总督衙门立刻开始前进的模样，大约是试来占领尼启德门的。于是略起了一些喧嚣，斯理文便即增加了哨兵的人数。伊凡在哨位时，从思德拉司忒修道院那面，向着总督衙门开炮了。第一发的炮声一震，被破坏了的窗玻璃就瑟瑟作响，从撕下了壁纸的处所，则落下洋灰来：

"索索……索索……索索……"

过了五分钟，炮声又作了，又开了一炮。枪声便如小犬见了庞大的狗，闭口不吠一般，沉默了下去。布尔什维克那边的街上，有人在发大声，但那言语却听不分明，只是尖利地断断续续地叫喊着的那声音，颇令人有恐怖之感。炮击大约继续了一点半钟。那是夜里，街灯烂然，列树路上满是摇动的物影，旁边的露出的煤气火，仍如第一夜，动得像有魂灵一般。

忽然，列树路上到处起了机关枪声和手枪声，喊着"乌拉"。在昏暗的横街上，工人和兵士的影子动弹起来了。

"乌拉！占领呀！打呀！……"从那地方叫喊着。

义勇兵和士官候补生们开始应战，将机关枪拉进伊凡所在的房子里，摆在窗户的近旁。脸相很好而略带些威严的一个年轻的候补少尉，装上了弹药带。

"啪啪啪……啪啪啪啪啪……"——时断时续地响了起来。

候补少尉巧妙地操纵了机关枪。横街上的骚扰更加厉害，不绝地叫着"乌拉"，敌人猛烈地仍在一同前进。兵士和工人们的散兵，沿着列树路，几乎一无遮蔽地前行，义勇兵们将他们加以狙击。有些敌兵便跌倒、打滚，陷于濒死的状态了，但别人立刻补上，依然进击，竭力连声大叫着：

"乌啦！占领呀！乌拉！"

弹雨注在窗户和墙壁上。全屋子里，尘埃蒙蒙，成了危险而忧郁，但机关枪活动着，仍然在发响：

"啪啪啪啪……"

布尔什维克的或是一个，或是两个，或者集成小团，从马拉耶·勃隆那耶街跑向喀喀林家去的光景，渐渐看得清楚了。候补少尉虽然向他们注下弹雨去，但并不能阻止他们的前进。恰如在那边的深邃的横街里，有着滔滔不绝地涌了出来的泉水一般。

伊凡和加里斯涅珂夫站在窗边，在狙击。

布尔什维克跑过街道，便藏在列树路的树木之下的黄色的小杂货店里。这么一来，便是敌人几乎已在比邻了，但店铺碍事，倒成了不能狙击。

"放弃哨位！"有人在后院厉声大叫道。

在昏暗的门边，出现了斯理文。

"诸君，留神着退却。帮同来搬机关枪……"

候补少尉、加里斯涅珂夫和伊凡，便抬起机关枪，运向后院去。大家慌忙从房里跳进后院，拔步便走。在这里，伊凡这才看见了披头散发、发狂似的嚷着的女人们。

"啊，小爹，带我们去！"其中的一个哭着说。

然而没有一个人回答，各自急着要从这里离开。

加里斯涅珂夫之死

二十分钟后，尼启德门附近的区域，已被布尔什维克占领了。士官候补生和义勇兵们，便抛掉了刚刚舒服起来的温暖的小酒店，退向亚尔巴德方面，他们愤愤不平地退却，待到在一处停留时，才知道那受了炮击的总督衙门，落于布尔什维克之手，他们绕到了占据着尼启德门附近区域的义勇兵的后面了。

斯理文在伏士陀惠全加地方的一个教堂之后，集合了部队，检点起人员来，知道退却之际，战死了七名，其中之一的士官候补生加拉绥夫，在后院中弹而死，尸骸就抛在那地方，看护兵没有收拾的工夫了。

周围很昏暗。当兴奋和恐怖之后，在这寂静的处所，分明感到的，是浓雾笼罩着市街的光景。

"诸君，就要反攻，准备着。"斯理文预告道。

他的声音，是缺少确信而底力微弱的，但大家却紧张起来，又振作了精神。

"这才是哩！我正这样想呀！"加里斯涅珂夫兴高采烈地说，"我正在想，这退得古怪。因为是很可以支持下去的……"

在亚尔巴德广场上，看见放哨的士官候补生的影子，街灯明晃晃地在发光。电车站的附近烧着篝火，那周围摇动着义勇兵和士官候补生的黑影。时有摩托车发出声音，通过广场，驶向士官学校方面去，或者肩着枪的士官候补生的小团，开快步跑过了。

先以为斯理文不知道到哪里去了，而他已经和两名将校以及一团士官候补生一同回来，宣告大家，一个长身的、中年的、镶着假脚的将校，来当指挥之任。

"不要太兴奋，诸君。最要紧的是护住自己，谨慎地前去。是跳上去的，要利用一切凸角和掩护物。前进，是沿着两条横街和列树路而去的。决然地来行动吧。"

将校的话，单纯、平静，简直像是使青年去做平常的事务一般。一听这平静的口调，便心中泰然。准备工作做得很快，在教堂前面的一家房屋上，将机关枪装好了。有士官候补生所编成的掷弹部队来到。将校又将各部队的部署和行动，简单地说明了一遍，但那作战计划是单纯的，就是经过列树路，去占领那在巴理夏耶·尼启德街和尼启德门的角上的广庭，又从这地方来打退布尔什维克。

义勇兵第八队沿着列树路前进。屋上的机关枪不住地活动着：

"啪啪啪啪啪啪啪啪啪啪啪……"

从尼启德门这方面，也起了步枪和机关枪的射击，弹雨注在树木的茂密处，渐渐作响，听到了枪弹的呻吟。

但义勇兵和士官候补生，却面对着这弹雨，互相隔着大约一赛句[1]半的距离，默默地前进。在这尼启德列树路上，街灯是没有点着火的，所以要藏身在房屋的墙下、列树路的栅边，以及种在两旁的落了叶的大洋槐树下，都非常便当。大家并不射击，只是跑上去时，不料竟恰恰到了先前的小酒店的附近了。

喀喀林公爵邸在路对面。那府邸的周围，兵士和工人们来来往往，或者在路上交错奔跑，或者在街角聚成一簇，或者打破了列树路上的杂货店，在夺取苹果和点心……

义勇兵们躲在洋槐的树荫下，悄悄地集合了。斯理文捏着手枪，爬了上来。

“立刻反攻。要一齐射击的。”他用沙声轻轻地说，“哪，诸君，瞄吧。要瞄准了来开枪。一齐射击！……”

大家一同动弹，整好射击的准备。

伊凡屈下一膝，瞄准了一个身上携着机关枪弹药带的高大的兵士。

“放！……”

“啪，啪啪啪啪！”射击发作了。

“小队！”斯理文又命令道。

机关枪格格地响了起来。

“放！……”

---

[1] 俄尺名，1 Sazhen 约中国七尺。

"小队！……放！……"

"乌拉！乌拉！……"

斯理文、加里斯涅珂夫和其余的人们，猫似的从树荫下跳出，向着不及提防受了反攻的兵士和工人们正在仓皇失措之处冲锋。当冲出来的时候，伊凡的帽子被树枝拂落了，想回去拾起来，机关枪却已在耳朵上面发响……他就不戴帽子，跟在同人后面飞跑，一面射击着那些在列树路上逃窜的敌。窜进街角的一所房屋的门内去了的脸色青白的工人们，又奔出来想抵抗，但知道已被包围，便抛了枪，擎起两手，尖利地嘶声叫喊道：

"投降！投降！……"

义勇兵们神昏意乱，连叫着饶命的人也打死了，因为没有辨别的余裕。

士官候补生们则从横街跳到尼启德街上，发着喊，冲进门里去，向各窗户射击，泰然自若地在四面集注如雨的枪弹中。

变成狞猛了的伊凡，眼里冒着红烟，出神地在街上跑来跑去，跟着同人走进街角的一家大庭院里，将一个正要狙击他的少年，用刺刀一半作乐地刺死了。在这大院的角上的尘芥箱后，还潜伏着布尔什维克，行了一齐射击。从横街跑来的一队士官候补生，便直冲上去，想捉住他们，然而刚在门口出现，就有两个给打死了。但这不是踌躇的时候，大家便奋然叫喊起来：

"这边！在这里。这边！"

"乌拉！"加里斯涅珂夫发一声喊，跳进了门。士官候补生、义勇兵和伊凡，也都跟着他前进，但伊凡觉得有什么热热的东西从对面飞来，即刻心脏紧缩，毛发直竖了。

116

"乌拉！"他不自觉地喊着，看那些跑在前面的同人的后影，如在雾里一般。

尘芥箱临近了。加里斯涅珂夫走在前头。到离箱不过一步了的中途，他忽然站住，身子一歪，叫了一声就跌倒了。

这之际，别的人们已在用了枪刺痛击那些伏在箱后的敌人……当伊凡跑到时，敌人已经都被刺杀，软软地伸着脚躺在泥泞的石上了。只还有一个头发贴在额上的矮矮的工人，跳到角落去，捏好了枪刺在准备袭击，大约他已经没有枪弹了。伊凡瞄了准，一扳机头，然而没有响，他焦灼着再动一动闭锁机，瞄了准，一扳机头，还是没有响，这才省悟到枪膛里已经放完了子弹。

"唉……唉！……"他恨恨地大叫着，挥枪刺跳向工人去。

那人脸色青白，露着牙，虽然显出可怕模样，但却好像忘掉了防御之术似的。伊凡赶紧一跳上前，趁这工人不及措手之际，一刺刀刺进肚子去，拔出之后，又刺了一刀。他觉得枪刺有所窒碍，但发着声音刺进去了。工人想抵御，抓住伊凡的枪身，吁吁地喘着气，动着他的嘴唇……

"呃吓……呃吓……呃……"他似乎要说话，但只是责备似的看定了伊凡。

伊凡毫不看他的脸，跳进那开过枪的旁边的房屋里去了。这些地方，已经到处都是士官候补生和义勇兵，他们在聚集俘虏，又从顶阁上、茅厕里、床榻下，搜出躲着的人们，拖到广庭那里去。他们多数是未成年的，无所谓羞耻和体面，便放声大哭起来，因为他们以为立刻就要被枪毙了。

士官候补生和义勇兵们将俘虏送往后方，又跑进还在开枪的屋里去。斯理文已在那里了，使伊凡向角角落落去搜索，看可有布尔什维克没有。在后房的衣橱后面，躲着并无武器而衣服褴褛的两个人。一个从藏身之处走出，驯顺地脱下帽子，牙齿相打着，说道：

"蓬儒尔，穆修。[1] 敬请高贵的士官候补生老爷的安……"

另一个却发了吓人的喊声，所有的人们，连那驯顺的一伙，也都吃了惊向他看。听到这喊声而跑来的斯理文，便用枪托打他的头，他这才清醒转来，有意识地环顾周围，一声不响了……搜检这两人的身体，在袋子里发见了用膳的羹匙、时表、银的杯子匣之类，于是斯理文、伊凡、士官候补生便都围了上去，许多工夫，将这两个人痛打、踢倒，踏他们的脸，一直到出血。简直好像是恨他们侮辱了大家一般。

但是，这恐怕是兴奋之情所致的吧。带走了这两个俘虏之后，伊凡也略略恢复了常态，看一看周围。

这房屋，是完全被占领了，但在邻近的屋上装着蛟龙雕像的六层楼屋和喀喀林邸里，却还藏着布尔什维克，便从街对面的房屋的窗口，向这些窗户去开了枪。喀喀林家的一切窗间，立即应战，屋上机关枪发响，猛烈地射击着尼启德列树路和巴理夏耶·尼启德街。剧烈的射击，片时也没有停止。

忽然间，在一角刚起了叫喊，却立刻响着猛烈的爆音。这是因为掷弹队将炸弹抛进喀喀林邸里去了。爆发之后，射击更加厉害，浓的白烟打着旋涡从那设有药店的楼上升起，遮蔽了楼屋的全正面。布尔什维克从对着列树路的门里面跳出，跑过了正是士官候补

[1] Bonjour, Monsieur, 法语，"先生，今天好"之意。

生和伊凡站着的窗边。

"站住！站住！捉住他们！……快叫瞄准的好手来。"士官候补生焦急着，并且拼命瞄准，射击那些逃去的敌人。

兵士和工人，有的跌倒了，有的翻筋斗，但那一部队，却总算躲进小杂货店的后面了。跑来了公认为射击好手的两个士官候补生，让给他们近窗的便当的地点，他们便即开手来"猎人类"了。

火愈烧愈大，细的树枝都看得分明。布尔什维克逃避火焰，跑到列树路上时，就陷在枪火之下了。两个士官候补生实在是射击的高手，百发百中的。

从门口跳出黑黑的形相来。

"啪！啪！"就是两枪。

那形相便已经倒下，在地面上挣扎了。

为了扫清射击的地域，士官候补生们就去炸掉了杂货店，早没有藏身的掩护物了。

但布尔什维克还想侥幸于万一。

倘从烧着的屋子跳出，想躲到什么地方去，就一定陷于枪火之下。士官候补生们是沉静地、正确地在从事杀人，偶有逃进了街角后面的，便恨恨地骂詈。黑色的灰色的团块，斑斑点点，躺在列树路上。伊凡定睛一望，看见了满是血污的头和伸开的手脚。

火已经包住了那房屋的半部，烟焰卷成柱子，从窗口燃烧出来。物件倒塌作响。起了风。

但是，伏在屋上装着蛟龙雕像那一家的望楼里面的布尔什维克，却还在猛烈地射击庭院和大街，不放士官候补生们走近。要将他们从这里驱逐，总很难。因为只有不过一条缝似的窗门，射击并没有效……

斯理文想出方法来，要求了对这房屋的炮击。于是两发炮弹立刻从亚尔巴德广场飞来了。第一弹将小望楼打毁，和石块的碎片一同，粉碎了的五个死尸和机关枪以及步枪的断片，都落在广庭上。第二弹一到，房屋的内部就起了火。布尔什维克发着硬逼出来一般的叫声，从屋里奔出，沿着列树路，逃向思德拉司忒广场那面去。这样一来，尼启德门附近的区域，就又落在士官候补生们的手里了。但喀喀林邸和屋上装着蛟龙雕像的房屋，却是大火炬似的烧得正猛。

枪声恰如人们悚然于自己的行为一般，完全停止了。

从烧着的房屋里，发出如疯如狂的声音：

"救命！救命！啊啊！……救命！……"

听到了这声音的人们，虽然明知道靠近的壁后，有着活活地焦烂下去的人，然而谁也没有去救这人的手段和力量。

伊凡走出去，到了广庭上。

看护兵正在这里活动，收拾战死者。加拉绥夫被人打碎了前额，也没有外套，挺直地躺着。不知是谁脱去了他的长靴，留下自己的旧的破靴子，然而又不给他穿上，只放在脚旁边，远远望去，还像穿着长靴一样。加拉绥夫的脚，是非常之长的……加里斯涅珂夫躺在铁的生锈的尘芥箱旁，脸面因痉挛而抽紧，他当气绝之际，用牙齿咬住着在颈上的围巾。

又有人爬出广庭来——两个女人、孩子和跛脚的门丁。

"先前躲在哪里了！"斯里文问他们说。

"那边，躲在菜蔬铺子的房屋里了，看得见吧？"门丁一面说，一面指着地下室的昏暗的窗门。

大家——斯理文、士官候补生们、伊凡，因了好奇心，向窗里面窥探时，只见在幽暗的地板上，转辗着二十来个人，都是这房屋里的住户。他们都以满含恐怖的眼，看着伊凡和士官候补生。

斯理文来安慰他们。

"你们诸位要吃什么东西吗?"

他们这才放心了。

"我们吃是在吃的。因为店里就有罐头和腌菜……"

一点钟后，斯理文所带的一队就和别一队交代，走到休憩所去了。已是三日三夜之终。觉得虽是暂时，但究竟已离危险状态的人们便骤然精神恍惚起来。

他们经过了被火灾照得明晃晃的市街，到了亚历山特罗夫斯基士官学校……

炮火下的克里姆林

想休息了，然而不能够。在穹隆形的天花板，而地板上排着卧床的，门口挂着"第五中队"的牌子的一间细长形的房子里，正在大发着纷纷的议论。但义勇兵们的送到这里来，是专为了来睡觉的。伊凡倾耳一听，是许多人们，在讲我军已被乱党所包围，在论某将军应该被逮捕、某人应该被处死。

有一个则主张了立即降服的必要——战斗下去是无意义的。

"无论如何，总是败仗。从前线回来援助我们的军队，统统帮了布尔什维克，和我们为敌了……降服，是必要的……"

对于这辩士，起了怒骂：

"昏话。不如死的好！耻辱！"

到了战斗的第三天，伊凡这才怀疑起来了：莫非这战斗，实在也没有意义的吗？所有军队，都和布尔什维克联合，所有工人，都是敌人。莫非真理竟在那边的人们的手里吗？伊凡是为了想要寻求这真理，所以跑进这阵营里来的。然而在这里……它究竟在哪里呢？

心里烦闷了。

耶司排司说过，没有人知道真理。

他的话不错吗？

伊凡踱着，像被谁灌了毒药一样。

也不再瞌睡了。当斯理文派伊凡往新的哨位克里姆林去的时候，倒觉得喜欢——派到克里姆林去，是只挑了最可靠的人的。

到处在开炮。从荷特文加，从思德拉司忒修道院，从戈尔巴德桥，从札木斯克伏莱支，都炮声大作了。那隆隆的巨声，像送葬的钟音一样，响彻了莫斯科的天空。

义勇兵们几乎是开着快步，在街街巷巷往来奔驰，因为士官学校和克里姆林的炮击已经在开始了。

炸裂的榴霰弹的青色火，在克里姆林的空中发闪，一时灿然照射了宫殿和寺院。鸣着雷，铁雨向着圆盖、宫殿，以及寂静的沉默了的修道院上倾注。

克里姆林的内部，似乎是空虚的，并无生物。但定睛一看，却在房屋的各门口，现着步兵的灰色的形姿。

街灯凄凉地照耀着。

义勇兵们停在兵营内并不久，编成两人一组，散往各自的担任地点去了。伊凡担任的地点，是在伊凡钟楼之下的珍宝库入口附近的哨位。珍宝库早被破坏，所以库内就不再派定人。

在哨位上的伊凡的战友，是年轻的士官候补生，他很想长保谨严的态度，然而无效，常常说话了。

两人紧贴着石壁，最初是沉默着的。四面的步道上，满是玻璃窗的碎片和打落了的油灰屑。

尼古拉宫殿和久陀夫修道院，已经崩坏得很可以了。

"是的，学校里教过的：不向莫斯科和克里姆林致敬者，只有俄罗斯的继子。"年轻的士官候补生沉思着，说，"但现在呢，胡闹极了。是的。"

于是默然了一会，就迅速地唱起歌来：

> 勇者克里姆林的山丘，
> 谁会在腋间挟走？
> 撞钟伊凡的黄金帽，
> 又谁能抢了拿走？……

"可是这样的人出现了。撞钟人伊凡，怕也寿命不久了吧……"士官候补生说着，将身子一抖，在壁下来回地走了起来。

"还在吟什么诗哩。"伊凡心里不高兴了，看一看士官候补生的脸。

"你见了没有？"士官候补生在伊凡旁边站住，又来说话了，"听说布尔什维克曾经有过宣言，要毫不留情，将一切破坏。"

"破坏，"伊凡附和说，"我想，那是无所不为的吧。"

"但他们究竟是怎样的人呢？我还没有见过真的布尔什维克……兵士。兵士那些，是废料，如果他们是布尔什维克，那就如称我为大僧正一样。"

伊凡记得了彼得尔·凯罗丁的模样，记起了他那雄赳赳的爽直的声音。

"是些爽直的人们。倔强的。"

"啊呀，寺里面在做什么呀？"士官候补生指着久陀夫修道院说，只见各窗的深处都点着蜡烛，人影是黑黑的。

"修士在做功课啊。"

"哼……做得得时。会被打死的。"

然而烛光逐渐明亮起来，在幽暗中，影子似的修士两个，开了半坏的门，走出外面，开始打扫散乱着各种碎片的阶沿了。

士官候补生跑过广场，走到他们的旁边。

"这是什么的准备呀？"他问修士们说。

"奉移圣亚历克舍的圣骨。"一个修士断断续续地回答道。

五分钟后，行列就从门里面慢慢地走出来了。伊凡和士官候补生都脱帽。黑衣的修士们手上各执点了火的蜡烛，静静地唱着歌，运着灿烂的灵枢。

"圣长老亚历克舍，请为我们祈祷上帝。"修士们静静地唱着。

"轰，轰，轰！"炮声发作了。在邻近的屋顶上，响着榴霰弹。

修士们将灵枢从阶沿运进黑门里面去，神奇的幻影似的消踪灭迹了。士官候补生戴上帽，又和伊凡并排将身子靠在石壁上。

"若要将圣骨运到墓地去，恐怕形势是不对的了。"

孤立无援

其实，是从什么地方都没有救援来。到了战斗的第五天，显然知道友军战败，布尔什维克战胜了。先前是将希望系在从战线回来的军队上的，但这些军队一进莫斯科，便立刻帮了布尔什维克，向作为派来救援的对象的这一边，猛烈地攻击起来。

哥萨克兵停在山岭上，动也不动。在克拉斯努易门附近战斗了的将校部队，有的降服，有的战死。在莱福尔妥夫的士官候补生部队，则会被歼灭了。

以正义的战士自居的临时政府的拥护者们，也嵌在铁圈子里，进退两难了。

抗争了，但已经没有希望。

大家大概知道，早晚总只得让步了。

126

伊凡在黑衣修士将亚历克舍的圣骨运进地道去的那一夜，便已省悟了这事情……然而他不使在脸面上现出这纷乱的、被压一般的心情，还要英气勃勃地说道：

"战斗呀，谁有正义，就胜的。"

但是，大家都意气悄然。第一，是弹药用完了。士官学校的兵士和门卫到市街去，买了红军和喝醉了的兵士所带的弹药，藏在衣袋里，拿了回来，士官候补生们也化装为兵士坐摩托车到红军的阵营去采办弹药，有时买来，有时被杀掉了。

十一月一日的全夜，在克里姆林防御者，是最可怕的夜。哥萨克兵和骑兵部队已从战线回来了，但在穆若克附近，就被扣留，结果是宣言了不愿与蜂起的民众为敌。这消息，由一个人的手送到亚历山特罗夫斯基士官学校来，又传给克里姆林和各哨位。士气沮丧了。弹药已完，粮食无几，负伤者又很多，白军就完全心灰意懒……而最大的打击，则是断尽了希望得到救援的线索。

这之际，敌人增加了兵力，身上穿起军装来，又敏捷又勇敢又大胆的水兵，到处出现。而且用着有大破坏力的六寸口径炮，在轰击克里姆林的事，也被证实了。

市厅的房屋受了猛烈的射击，藏在那里面，给予克里姆林防御者以许多帮助的市参事会和社会保安委员会的人们，也只好搬到觉得还可以避难的克里姆林里来了。

然而意气的消沉和绝望是共通的，总得寻一条出路。

这一夜，培克莱密绥夫斯卡耶塔的上层，遭了轰毁，思派斯卡耶塔为炮弹所贯通，尼古拉门被破坏，乌思班斯基大寺院的中央的尖塔和华西理·勃拉建务易寺院的圆盖之一，都被炮弹打中了。

看起来，克里姆林也不久就要收场。

伊凡在这一夜里，在克里姆林里面，在卡孟努易桥，也在士官学校。

到处浮动着绝望的空气。士官学校内，公然在议论投降，只有少壮血气的人还主张着继续战斗。

"投降布尔什维克，是耻辱。我们不赞成。我们还是冲出郊外去，在那里决一个胜负吧。"

这主张很合了伊凡的意：到郊外去，一个对一个战斗，来决定胜败，那是很好的。待到轮到他发言的时候，便说道：

"应该战斗的。我想，如果再支持些时，布尔什维克便将为工人所笑、所弃了。我说这话，就是作为一个工人……"

伊凡的话，很受拍手喝彩了，然而敏感如一切敏感的辩士的他，却在心中觉着在听他的议论者，乃是失了希望的疲乏已极的人们……然而出路呢?！出路在哪里呢? 必须有出路! 必须有得胜的意志!

缴械

这一夜，彻夜是议论纷纭，但到第二天的早晨，伊凡就知道已在做投降的准备。将无食可给的俘虏，从克里姆林释放了。迫于饥饿、疲于可怕的经验的他们，便发着呻吟声，形成了沉重的集团，从克里姆林出伊里英加街而去。伊凡看时，他们都连爬带跌地走，疯子似的挥着拳头，威吓了克里姆林。在这战斗的三日间，他们要死了好几回，现在恰如从坟墓中逃出一般地跑掉了。

"呜……呜！……"他们愤恨地，而且高兴地呻吟着。

这早上，又做购买弹药的尝试。主张冲出野外、一决胜负的强硬论者里面的士官候补生和大学生们，就当了这购买弹药之任，扮作兵士或工人，走出散兵线外去，但即刻陷在交叉火线之下，全部战死了。

到正午，传来了和议正在开始的消息，大家便互相述说，大约一点钟后，战斗就要收束的。

活泼起来了。无论怎样的收场，总是快点好，大家各自在心里喜欢，然而藏下了这喜欢，互相避着正视。像是羞惭模样，只有声音却很有了些精神。

然而战斗还没有歇。尼启德门的附近、斯木连斯克市场的附近、戏院广场、卡孟斯基桥、普列契斯典加街等处，都在盛行交战。

市街的空气，充满着枪炮声。中央部浴了榴霰弹火。尼启德门方面的空中，则有青白的和灰色的烟，成着柱子腾起，那是三天以前遭了火灾的房屋，至今还在燃烧。

斯理文的一队，在防御墨斯克伏莱吉基桥的附近，射击了从巴尔刁格方面前进而来的布尔什维克。

义勇兵们是只对了看得见的目标，行着缓射的，但到正午，弹药已经所余无几了，每一人仅仅剩了三发。焦躁得发怒了的斯理文，便用野战电话大声要求了弹药，还利用着联络兵送了报告去，但竟不能将弹药领来。

"请你去领弹药来吧！"斯理文对彼得略也夫说，"那边遇见人，就讲一讲已经不能支持了的理由。"

伊凡前去了。

街道的情形多么不同了啊！到处是空虚。街是静的，枪声就响得更可怕。

"哺……哺哺哺！……"

时时还听到带些圆味的手枪的声音。

"啪，啪，啪。"

家家的窗户都被破坏，倒塌，那正面是弄得一塌糊涂。步道上散乱着碎玻璃和油灰块，堆得如小山一样。伊凡并不躲闪，在枪声中挺身前行。从炸裂的榴霰弹升腾上去的白烟，好像小船，浮在克里姆林的空中，铁雨时时注在近旁，将浓的沙烟击起。然而伊凡已经漠不关心了，在麻木的无感觉状态中了。在现在，就是看了倒在路上的战死者，看了连战五日五夜还是点着的街灯，也都无所动于衷了。

有水从一家的大门口涌出，瀑布似的，但他也并不留神或介意。

在马术练习所的附近，恰在驻扎古达菲耶对面之处的一团哥萨克兵那里，落下榴霰弹来。大约五分钟后，伊凡经过那地方来一看，只见步道上有负了伤的马在挣扎，一边躺着两具可萨克的死尸。别的哥萨克兵们用缰绳勒住了嘶鸣的马，愀然紧靠在马术练习所的墙壁上。

"打死它吧，何必使它吃苦呢?"一个哥萨克兵用了焦灼的沙声说，大踏步走向那正在发抖喘气的马去，从肩上卸下枪，将枪弹打进两匹马的眉心。马就全身一颤，伸开四脚倒下了。

这光景，不知道为什么很惹了伊凡的注意。

伊凡在尼启德门附近的广庭里，用刺刀刺了躲在尘芥箱后的工人的时候，那工人也一样地全身起了抽搐的。

人，圣物，市街，这些马匹，都消灭了。然而为了什么呢?

在士官学校里，竟毫无所得，伊凡便在傍晚回到墨斯克伏莱吉基桥来了。斯理文听到了不成功，就许多工夫，乱骂着一个人，而伊凡却咬了牙关倾听着。

"我打了他，看怎样？"他的脑里闪出离奇的思想来。

于是莫名其妙的恶意，忽然冲胸而起，头发直竖，背筋发冷了。然而伊凡按住了感情，几乎是飞跑似的到了街头，站在桥上，将所剩的几颗子弹向布尔什维克放完了。

"这样……给你这样！哼，鬼东西！就这样子！吓，哪！"

"在做什么呀？你兴奋着吧？"从旁看见了这情形的一个又长又瘦、戴着眼镜的士官候补生问他说。

伊凡并不回答，只将手一挥。

到夜里，传来了命令，说因为讲和已成，可撤去哨位，在士官学校集合。

大家都大高兴了。连斯理文，也不禁在大家面前说道：

"好不容易呀！"

但在伊凡，却觉得仿佛受了欺骗、受了嘲笑似的。

"你说，同志，好不容易呀，"他向斯理文道，"那么为什么防战了的呢？"

斯理文有些慌张了，红了脸，但立即镇静，用了发怒的调子回答道：

"可是还有什么办法呢？"

"什么办法？洁白地战死啊！在战败者，可走的唯一的路，是——死。懂吗？"

"那又为了什么呢？"

"就为了即使说是射击了流氓，究竟也还是成了射击了我们的兄弟了……"

"我可不懂，同志。"

"唔，不懂，那就是了！"

斯理文脸色发青，捏起拳头来，但又忍耐了下去。

听着这些问答的士官候补生们，都面面相觑，凝视着昂奋得仰了脸的伊凡。

"是发了疯了。"在他的背后，有谁低声说。

"不，我没有发疯。将战争弄开头却不去打到底的那些东西，这才发着疯哩！"伊凡忍无可忍了，大声叱咤说。

谁也不来回答他。从此以后，谁也不再和他交谈，当作并无他这一个人似的远避了。

议和的通知，传到了各哨位。

于是发生了情绪的兴奋。布尔什维克知道就要停战，便拼命猛射起来，全市都是炮声和步枪射击的声音，几乎要震聋人的耳朵。

同时白军也知道了已无爱惜枪弹的必要，就聊以泄愤地来射击胜利者。最激烈的战斗，即在和议成后的这可怕的夜里开始了。

将校们将自己的武器毁坏，自行除去了肩章。最富于热血的人们则誓言当俟良机，以图再举。

第二天的早晨，义勇兵们就在亚历山特罗夫斯基士官学校缴械了。

怎么办呢？

这几天，华西理·彼得略也夫前途失了希望，意气沮丧，好像在大雾里过活一般。

在三月革命终结之春的有一天，母亲威吓似的说道：

"等着吧，等着吧，魔鬼们。一定还要同志们互相残杀的。"

啊，华西理那时笑得多么厉害啊？

"妈妈，你没有明白，到了现在，哪里还会分裂成两面呢？"

"对的，我不明白，"母亲说，"母亲早已老发昏，什么也不明白了。只有你们，却聪明得了不得。但是，看着吧，看着就是了。"

现在母亲的话说中了：大家开始互相杀戮；伊凡进了白军，而旧友的工人——例如亚庚——却加入红军去。合同一致是破裂了。一样精神、一样境遇的兄弟们，都分离了去参加战斗。这是奇怪的不会有的事，这恐怖，还没有力量够来懂得它。

伊凡去了。

那一天，送了他去的华西理便伫立在街头很长久，听着远远的射击的声音。从地上弥漫开来的雾气，烟似的浓重地爬在地面上，沁入身子里，令人打起寒噤来。工人们集成队伍，肩着枪，腰挂弹药囊，足音响亮地前去了，但都穿着肮脏的破烂的衣服。恐怕是因为免得徒然弄坏了衣服，所以故意穿了顶坏的吧。

他觉得这些破落汉的乌合之众，在武装着去破坏市街和文化了。他们大声谈天，任意骂詈。

一个高大的、留着带红色的疏疏的胡须的两颊陷下的工人，夹在第一团里走过了。华西理认识他。他诨名卢邦提哈，在普列思那都知道，是酒鬼，又会偷，所以到处碰钉子，连工人们一伙里也都轻蔑他。然而现在卢邦提哈肩着枪，傲然走过去了。华西理不禁起了嘲笑之念。

"连这样的都去……"

然而和卢邦提哈一起去的，还有别的工人们——米罗诺夫和锡夫珂夫，他们是诚实的、可靠的、世评很好的正经的人们。米罗诺夫走近了华西理。

"同志彼得略也夫，为什么不和我们一道儿去的？打布尔乔亚去吧。"

两手捏着枪、精神旺盛的他，便露出洁白的牙齿，微笑了。

"不，我不去。"华西理用了无精打采的声音，回答说。

"不赞成吗？那也没有什么，各有各的意见的。"米罗诺夫调和地说，又静静地接下去道：

"但你可有新的报纸没有？……要不是我们的，不是布尔什维克的，而是你们的……有吗？给我吧。"

华西理默着从衣袋里掏出昨天的报纸《劳动》来，将这递给了米罗诺夫。

"多谢多谢。我们的报纸上登着各样的事情，可是真相总是不明白。看不明白……"

他接了报章，塞进衣袋里面去。

华西理留神看时，他的大而粗糙的手，却在很快地揉掉那报章。

"那么，再见。将来真不知道怎样。"他笑着，又露一露雪白的牙齿，追着伙伴跑去了。

工人们接连着过去。他们时时唱歌，高声说话，乱嚷乱叫。好像以为国内战争的结果，是成为自由放肆，无论说了怎样长的难听的话，也就毫无妨碍似的。

连十六七岁的学徒工人也去了，而且那人数多，尤其是惹人注目样子。

智慧的人们和愚蠢的人们，卢邦提哈之辈和米罗诺夫之辈，都去了。

战斗正剧烈，枪声不住地在响。

巴理夏耶·普列思那的角角落落上，聚集着许多人。店铺前面，来买粮食的人们排得成串，红军的一伙，便在这些人们里面消失了。

华西理回了家。

母亲到门边来迎接他，但在生气，沉着脸。

136

"走掉了?"她声气不相接地问。

"走掉了。"

母亲垂下头，仿佛看着脚边的东西似的，不说什么。

"哦。"他于是拉长了语尾，默默地驼了背，就这样地离开门边，顿然成为渺小凄凉的模样了。

"今天又要哭一整天了吧。"华西理叹息着想，"玉亦有瑕。[1]……"

华尔华拉跑到门边来了。她用了一夜之间便已陷了下去的、发热的试探一般的眼睛，凝视着华西理的脸。

"没有看见亚庚吗?"

"我没有走开去。单是送一送哥哥……"

"那么，就是，他也去了?"

"去了。"

华尔华拉站起身，望一望街道。

"我就去。"她坚决地说。

"哪里去呀?"华西理问道。

"寻亚庚去。我将他拉到家里，剥他的脸皮。要进什么红军。该死的小鬼，害得我夜里睡不着，要发疯。他，他，他的模样总是映在我眼里……"

华尔华拉呜咽起来，用袖子掩了脸。

"亚克……亚庚谟式加，可怜的，唉唉，上帝啊，他在哪里呢?"

---

[1] 古谚。

"但你先不要哭吧，该不会有什么事的。"华西理安慰说，"想是歇宿在什么地方了。"

然而是无力的安慰，连自己也预感着不祥。

"寻去吧，"华尔华拉说，拭着眼睛，"库慈玛·华西理支肯同我去的。寻得着的吧。"

华西理要安慰这机织女工，也答应同她去寻觅了。

一个钟头之后，三个人——和不放他出外的老婆吵了嘴因而不高兴了的耶司排司、机织女工和华西理——便由普列思那往沙陀伐耶街去了。街上虽然还有许多看热闹的人，但比起昨天来，已经减少。抱着或背着包裹、箱箧以及哭喊的孩子们的无路可走的人们，接连不断地从市街的中央走来。

射击的声音，起于尼启德门的附近，勃隆那耶街、德威尔斯克列树路、波瓦尔司卡耶街这些处所，也听到在各处房屋的很远的那边也有传来的枪声。耶司排司看见到处有兵士和武装了的工人的队伍，便安慰机织女工道：

"一定会寻着的，人不是小针儿……你用不着那么躁急就是。"

机织女工高兴起来，将精神一提，一瞥耶司排司，拖长了声音道：

"上帝啊，你……"

她一个一个，遍跑了武装的工人的群，问他们看见红军士兵亚庚·罗卓夫没有。

"是的，十六岁孩子啊。穿发红的外套、戴灰色帽子的……可有哪一位看见吗?"

她睁了含着希望的眼，凝视着他们，然而无论哪里，回答是一样的：

"怎么会知道呢？因为人多得很。……"

有时也有人回问道：

"但你寻他干什么呀？"

于是机织女工便忍住眼泪，讲述起来：

"是我的儿子啊，我只有这一个，因为真还是一个小娃娃，所以我在担心的，生怕他会送了命。"

"哦！但是，寻是不中用的，一定会回去。"

没心肝地开玩笑的人，有时也有：

"如果活着，那就回来……"

机织女工因为不平，流着泪一段一段只是向前走；沉闷了的不中用的耶司排司一面走，一面慌慌张张回顾着周围；华西理跟在那后面。

两三处断绝交通区域内，没有放进他们去。

"喂，哪里去？回转！"兵士们向她喊道，"在这里走不得，要给打死的！"

三个人便都默然站住，等着能够通行的机会。站住的处所，大抵是在街的转角和角落里，这些地方，好像池中涌出的水一般，过路的和看热闹的成了群，默默地站在那里，仿佛不以为然似的看着兵士和红军的人们。

站在诺文斯基列树路上时，有人用了尖利的声音，在他们身边大叫道：

"擎起手来！"

机织女工吃了惊，回头看时，只见一个短小的麻脸的兵士在叫着：

"统统擎起手来！"

群众动摇着，擎了手。母亲带着要往什么地方去的一个七岁左右的男孩子，便裂帛似的大哭起来。

"这里来，同志们！"那兵士横捏着枪，叫道，"这里，这里这里……"

兵士和红军的人们，便从各方面跑到。

"怎了？什么？"

他们一面跑，一面捏好着枪，准备随时可开放。群众悚然，脸色变成青白了。

"有一个将校在这里，瞧吧！"

兵士说着，用枪柄指点了混在群众里面的一个人。别的兵士们便将一个穿厚外套、戴灰色帽、苍白脸色的汉子，拖到车路上。耶司排司看时，只见那穿外套的人脸色变成铁青，努着嘴。

麻脸的兵士来剥掉他的外套。

"这是什么？瞧吧！"

外套底下，是将校用外套、挂着长剑和手枪。

"唔？他到哪里去呀？"兵士愤愤地问道，"先生，您到哪里去呢？"将校显出不自然的笑来。

"慢一慢吧，您不要这么着急。我是回家去的。"

"哼？回家？正要捉拿你们哩，却回家！到克里姆林去，到白军去的啊。我们知道。拿出证明书来瞧吧。"

将校取出一张纸片来，那麻子兵士就更加暴躁了：

"除下手枪！交出剑来！"

"且慢，这是什么理由呢？"

"唔，理由？除下来！狗入的！……打死你！"兵士红得像茱萸一样，大喝道。

将校变了颜色，神经地勃然愤激起来，但围在他四面的兵士们，却突然抓住了他的两手。

"吓，要反抗吗？同志们，走开！"

麻脸的兵士退了一步，同时也用枪抵住了将官的头。在谁——群众、兵士们，连将校自己——都来不及动弹之际，枪声一响，将校便向前一踉跄，又向后一退，即刻倒在地上，抖也不抖，动也不动了。从头上汩汩地流出鲜血来。

"唉唉，天哪！"群众里有谁发了尖利的声音，大家便如受了指挥一般，一齐拔步跑走了。最前面跑着长条子的耶司排司，在后面还响了几发的枪声。兵士们大声叫喊，想阻止逃走的群众，然而群众还是走。机织女工叹着气、喘着气，和华西理一直跑到了动物园。

"啊呀，我要死了。这是怎么一回事？"她呻吟道，"没有理由就杀人。无缘无故！……"

耶司排司等在动物园的附近。他脸色青白，神经地捻着髭须。

"这是怎么一回事啊！不骇死人吗？"他说。

"真的，上帝啊，随便杀人。在那里还讲什么！"她清楚地回答说，但突然歇斯底里地哭了起来，将头靠在路旁的围墙上了。

耶司排司慨叹道：

"唉唉！……"

只有华西理不开口。但这杀人的光景，没有离开过他的眼中。

机织女工不哭了，拭了眼睛，在普列思那街上，向着街尾，影子似的静静地走过去。三个人就这样地沉默着走。将到家里的时候，耶司排司宁静了一些，仰望着低沉的灰色的天空，并且用了静静的诚恳的声音说道：

"现在，是上帝在怒目看着地上哩。"

于是就沉默了。

母觅其子

从这一天起，住在旧屋子里的人们，就都如被什么东西压住了似的在过活。这屋子范围内，以第一个聪明人自居的、白发的牙科女医梭哈吉基那，便主张选出防卫委员来。

"谁也不准走进这里来：不管他是红的、是白的，要吵架，就到街上去，可不许触犯我们。"她说，"我们应该保护自己的。"

大家都同意了，赶紧选好委员，定了当值，于是从此就有心惊胆战的人——当值者——巡视着广庭。然而，没有武器。不得已，只好用斧头和旧的劈柴刀武装起来，门丁安德罗普捐了一根冬天用以凿去步道的冰的铁棍。

"防卫是当然的……如果要走进来，就用这家伙捅进他那狗鼻子里去。"他蠕蠕地动着埋在白胡子里面的嘴，说。

"呵呵，老头子动了杀星了。在教人用铁棍捅进鼻子里去哩!"
有人开玩笑道。

"不是应该的吗? 已经是这样的时候，胆怯不得了。"

"不错，"耶司排司接着道，"咬着指头躲起来，是不行的。没
有比这还要坏的时代了，简直是可怕的时代啊。"

女人们也和男人一同来充警备之任，裹了温暖的围巾，轮流在
广庭上影子一般地往来。只有机织女工没有算进去，但她却往往自
己整夜站在广庭里，叹着沉闷的气，在门边立得很久，侧耳听着街
上的声音。大家都怕见她了，一望见，就不说话，也怕和她交谈。
她来询问什么的时候，便用准备妥当了的句子回答她，给她安慰。
她的身子在发抖，脸是歪的，然而眼泪却没有了。所以和她说话的
人，就觉得仿佛为鬼气所袭似的。

礼拜六的早上——市街战的第三天——就在近处起了炮声。
这，是起于"三山"上的尼古拉教堂附近，恰值鸣了晨祷的钟的时
候的。于是那钟声，那平和的基督教的钟声，便立刻成为怯怯的、
可怜的音响了。

非常害怕而意气消沉了的人们，聚到大门的耳门旁边来，用了
战战兢兢的眼色，向门外的街头一望，只见那地方，在波浪一般的
屋顶间，看见了教堂的黄金的十字架。

"在打克里姆林哩，"不戴帽子跑到门边来的耶司排司，愤然
说，"一定是什么都要打坏了。"

"轰! ——"又听到了炮声，恰如童话里的蛇精一样，咻咻作
响，飞在市街的空中，毕毕剥剥地炸裂了。

"怎么样! 见了没有? 尽是放。市街全毁了……"

大家暂时站在门边，听着炮声。

华尔华拉在悄悄地啜泣。

"至圣的圣母啊，救救我们。这是怎么一回事呢？"她忽然说，"请你垂恩吧……"

这早上却没有人安慰她，大家都胆怯而心伤了。

一队红军，兴奋着，开快步在外面的街上跑过。

"哪，已经是我们的胜利了，布尔乔亚完了。"其中的一个说。

"自然，那何消说得。"

被煤弄得漆黑的人们，满足地愉快地谈着话，接连着跑过去了。

"呜，破落汉。"耶司排司的老婆古拉喀，恨恨地说坏话道，"这样的贼骨头糟蹋起市街来，是不会留情面的。"

"对呀。他们有什么？他们，就是要失掉，也没有东西。"贝拉该耶附和着说。

从榴霰弹喷出的白烟，像是白色的船，飘飘然浮在青空中，射击更加猛烈了。古的大都会上，长蛇在发着声音，盘旋蜿蜒，和这一比，人类便是渺小、可怜、无力的东西了。这一天，走到外面去的，只有华西理和机织女工两个，她是无休无息地在寻儿子的。

一过古特里诺街，便不放他们前进了。机织女工于是走过戈尔巴德桥，经了兵士的哨位的旁边，进到战线里。她用那愁得陷下了的眼，凝视着正在射击着不见形影的敌的、乌黑的异样的人堆。

街道都是空虚的，人家都是关闭的，走路的很少，只是一跃而过。唯有粮食店前，饥饿的人们排着一条长串。枪弹在呻吟，但那声音却各式各样。机关枪一响，枪弹便优婉地唱着，从屋顶上飞过去了。

然而，一听这优婉的歌，人们就惊扰起来，机织女工则紧贴在墙壁上。

但她还是向前走——向普列契斯典加，向札木斯克伏莱支，向卢比安加，向思德拉司忒广场，那些正是剧战的处所。

她是万想不到亚庚会被打死的。

"上帝啊。究竟要弄到怎样呢？独养子的亚庚……"

但在心里，却愈加暗淡、凄凉、沉闷起来。

兵士和工人们一看见机织女工，吆喝道：

"喂，伯母，哪里去？要给打死的！回转吧！"

她回转身，绕过了几个区域，又向前进了。莫斯科是复杂错综的市街，横街绝巷很不少，要到处放上步哨到底是办不到的。

于是沉在忧愁中间的机织女工，就在横街、大街、绝巷里奔波，寻觅她的儿子；还在各处的寺院和教堂面前礼拜，如在开赛里斯基的华西理，在珂欠尔什加的尼古拉，在格莱士特尼加的司派斯，在特米德罗夫的舍尔该。

"小父米珂拉，守护者，救人的。慈悲的最神圣的圣母，上帝……救助吧！……"

她一想到圣者和使徒的名，便向他们全体地或个别地祷告，哭着祈求冥助。然而，无论哪里都看不见亚庚。

亚庚是穿着发红的外套、戴着灰色的帽子出去的，所以倘在身穿黑色衣服的工人中，就该立刻可以看出。机织女工是始终在注意这发红的外套的。但在哪里呢？不，哪里也没有！倘在，就应该心里立刻觉着了。

怎样的沉忧啊!

有什么火热的东西，炮烙似的刺着她的心，仿佛为蒸汽所笼罩。

两眼昏花，两腿拘挛得要弯曲了。

"亚庚谟式加，可怜的，你在哪里呢?"

再走了几步，心地又轻松起来。

"但是，恐怕圣母会保护他的……"

不多久，忧愁又袭来了……

机织女工终于拖着僵直的脚，青着脸，丧魂失魄似的回向家里去了。她的回家，是为了明天又到街上来寻觅。

要获得真的自由

华西理被恐怖之念和好奇心所驱使，走到街上了。

"要出什么事呢？该怎样解释呢？该相信什么呢？"

骇人，神秘，不可解。

现在，莫斯科正有着奇怪的国内战争，是难以相信的。普列思那的市街，皤罗庭斯基桥附近的教堂，诺文思基列树路一带的高楼大厦，都仍如平常一样。

而这仍如平常一样，却更其觉得骇人。

莫斯科！可爱的、可亲的莫斯科！出了什么事了？枪炮声，避难者，杀戮，疯狂，恐怖……这是梦吗？

是的，这是可怕的、不可思议的噩梦。

然而并不是幻梦。

"啪，啪，啪！……"

在射击。在亲爱的莫斯科。在杀人。

并且不能从噩梦醒了转来。

在巴理夏耶·普列思那，连日聚集着群众，关于这变乱的议论纷纭极了，街头像蜂鸣一样，满是嚣然的人声。大家都在纷纷推测，友军能否早日得到了胜利。因为普列思那的居民的大半，都左袒着布尔什维克，所以是只相信他们的得胜的。

"他们已经完结了。直到现在，给我们吃苦，这回可要轮到他们了。得将他们牵着示众之后，倒吊起来。"

"是的，这回可是反过来了。"

但在有些地方，也听到这样的叹息：

"要将市街毁完了，毁完了。要将俄国卖掉了！"

动物园的旁边已经禁止通行，装好了轰击亚历山特罗夫斯基士官学校的大炮。因为必须绕路，华西理便从横街走出，到了市街的中央。乔治也夫斯卡耶广场上，有兵士的小哨在。

"站住！要开枪哩！站住！"他厉声叫道。

通行人怯怯地站住了。

"擎起手来！"

那骑兵喝着，将勃朗宁枪塞在通行人的眼前，走近身来，看通行证，粗鲁地检查携带品。

通行人们在这骑兵面前，便忽然成为渺小的可怜的人，不中用地张开了两臂，用怯怯的声音说明了自己。

"不行！回去！"为权力所陶醉了的兵士命令说。

这兵士的眼珠是灰色的，口角上有着深的皱纹，沉重的眼色。

他一面检查华西理的携带品，一面用高调子唱歌，混合酒的气味，纷纷扑鼻，于是华西理的心里，不禁勃然涌起嫌恶和恐怖之念来。

这高个子的骑兵，便是偷儿的卢邦提哈……这样看来，不很清白的人们，在靠革命吃饭，是明明白白了。

在闪那耶广场上，三个破烂衣服的工人留住了坐着马车而来的将校，当通行人面前，装作检查携带品，抢了钱和时表，泰然自若地就要走了。将校显着可怜的脸色，回过头去，从工人的背后叫道：

"但我的钱呢？"

破烂衣服的一伙傻笑了一下。

"不要紧。还是去做祷告，求莫破财吧……"

将校从马车上走了下来。

"诸君，这不是太难了吗？这是抢劫呀！"他向着通行人这一面，说，"怎么办才好呢？告诉谁去呢？"

先前，华西理是看惯了意识着自己的尊严、摆着架子的将校们的模样的，但看现在在群众面前仓皇失措，却是可怜的穷途末路的人。

群众都显着苍白的、苦涩的、可怜的脸相，站着。

华西理在大街上、横街上、列树路上，只管走下去。

胸口被哀愁逼紧了。

到处还剩着一些群众，讨厌地在发议论，好像没有牙齿的狗吠声。倘向那吠着的嘴里抛进一块石头去，该是颇为有趣的吧。

华西理偶然走近这种议论家之群去了。

一个戴着有带子的无檐帽、又高又胖的人，正和一个大学生拼命论争，手在学生的鼻子跟前摇来摆去。

"不，你们的时代已经过去了。只会说。你们是骗子，就是这样。"

"哼，为什么我们是骗子呢？"大学生追问说。

"为什么，你们将自由都捞进自己的怀里去了呀！"

"这又怎么说呢？"

"是这么说的。现在我，听呀，就算是一个门卫，在我这里过活的是四个孩子、老婆和我。我们的住房，是在扶梯底下，走两步就碰壁的房子。然而第三号的屋子里，可是住着所谓贵妇人的，自己说是社会主义者，房子有八间，是只有三个人住的啊，是用着两个使女的。从三月以来，你们尽嚷着'自由，自由'，但我们却只看见了你们的自由啊。我是住在狗窠似的屋子里的，六个人过活，然而贵妇人这东西呢，三个人住，就是房子八间。唔？这怎讲？你们是自由，我们呢，无论帝制时代、你们的时代，都是狗窠——这是怎么一回事？我们的自由在哪里呀？"

"但你……不懂自由的真意义。"大学生有些窘急模样，低声说。

"应该怎样解释呀？"门卫轻蔑着，眯细了眼，"自由者，就是生活的改良吧。"

"唔，那是……唔，但是，你们的工钱增加了吧。"

"哼，不错！是呀，增加了。我现在拿着一百卢布。但是，面包一磅是四卢布。给孩子们，光靠食粮券是万万不够的。无论如何，总得要麦粉半普特[1]，那么，加钱又有什么用呢？唔？"

---

[1] 三十六磅为一普特。

大学生一句话也没有回答。群众都同情门卫，左袒他。

"你们的所谓自由，在我们是烟一样的东西。但我们现在要获得自己的自由了。好的，真的自由。要一切工人，都容易过活。是不是呢?"门卫转脸向着群众，问道。

"是的! 当然，是的!"群众中有人答应说。

亚庚在哪里？

战斗在初七的上午完结了。民众成群地走出街头来，一切步道都被人们所填塞。然而不见亚庚。机织女工更加焦急了。他在哪里呢？

"死的多得很。并且所有病院里，都满是负伤的人了。"

"库慈玛·华西理支，拜托你!"机织女工向耶司排司道，"同到病院里去走一趟吧。"

"去的，去的!"耶司排司即刻同意了。

但到哪里去好呢。人们说，负伤者是收容在病院里面的，然而在莫斯科，病院有一千以上，势不能一次都看遍……第一天两个人同到各处的病院去访查，窥探了满堆着难看的死人的尸体室……但到第二天，便分为两路了，机织女工向荷特文加方面，耶司排司则向大学校这方面。奇怪的不安之念，支使了机织女工，她向病院和尸体室略略窥探了一下，便即回到家里来了。因为她想象着，当出外寻访着的时候，亚庚也许已经回了家，一进广庭，他正站在锁着的门口，穿着发红的外套，圆脸上带了笑影，问道：

"妈妈，你上哪里去了？"

这样一想，心里就和暖起来。这天一整天，她总记起那复活节的诗句：

> 为什么在死者里，寻觅生者的？
> 为什么在消灭者里，哀伤不灭者的？

回家一看，依然锁着门。早晨所下的雪，就这样地积在阶沿上，毫不见有人来过的痕迹。她走到邻家，问道：

"没有人来过吗？"

"没有。"

为悲哀和焦灼所驱使的她，便又出外搜寻去了。

下午四点钟光景，耶司排司在大学附属的昏暗的尸体室里，发见了亚庚。死了的他，躺在屋角的地板上，满脸都是血污，凭相貌是分辨不出的了，靠着他先前到孔翠伏方面去捉鹌鸪时，常常穿去的发红的外套，这才能够知道。

"唉唉，这是你了。"耶司排司凄凉地低低地说，"这是怎么干的呢？"

他暂时伫立着，想了一想，于是走到外面，在一处地方寻到了肮脏的马车行，托事务员相帮，将死尸载在橇上，盖上帆布，运回普列思那来了。

橇在前行，但很怕见机织女工的面，要怎么说才好呢?

觉得路程颇远似的。

刚近大门，机织女工已从耳门走了出来。一看见耶司排司，一看见躺在地上、盖着帆布的可怕的东西，便如生根在地上一般地站住了。耶司排司仓皇失措地下了车，眨着两眼，怕敢向她看。她挺直地站着，然而骤然全失了血色，半开着口，合不上来。

"库慈玛·华西理支!"她尖利地急遽地叫道，"库慈玛·华西理支!"

于是伸一只手向着橇，低声道:

"这……是他? ……"

耶司排司发抖了，全身发抖了，他的细细的胡子也抖动了，他低声道:

"他呀，华尔华拉·格里戈力也夫那。是他……我们的亚庚·彼得罗微支……他……"

回想起来

　　缴械之后，傍晚，伊凡·彼得略也夫又穿上羊皮领子的外套，戴了灰色的帽子，精疲力尽，沿着波瓦尔斯卡耶街，走向普列思那儿去了。大街上到处有群众彷徨，在看给炮弹毁得不成样子了的房屋。

　　波瓦尔斯卡耶街的惨状很厉害。

　　一切步道上，到处散乱着砖瓦和壁泥的破片和碎玻璃。每所房屋上，都有炮弹打穿的乌黑的难看的窟窿。路边树大抵摧折。巴理斯·以·格莱普教堂的圆盖倒掉了，内殿的圣坛也已经毁坏，只有钟楼总算还站在那里。大街和横街上，掘得乱七八糟，塞着用柴木、板片、家具造成的障栅。群众里面，有时发出叹声。一个相识的电车车掌，来向伊凡问好。

156

"瞧热闹吗？很给了布尔乔亚一个亏哩！"他一面说。

伊凡不作声。

"你在中央吗？一切情形，都看见了吗？"

"看见了。"

"这就是布尔什维克显了力量啊，哦！"

这车掌是生着鲶鱼须的，从那下面爬出蛇一般的满足的笑来。伊凡胸中作恶，连忙告了别，又往前走了。

群众在大街上慢慢地走，赏玩而且欢欣。

这欢欣，不知道为什么，吓了伊凡了。人们没有明白在莫斯科市街上所发生了的惨状。

"但是，也许，应该这样的吧？"他疲倦着，一面想，"他们是对的，我倒不吗？"

于是就不能判断是非了。

突然闪出觉得错了的意识，但立即消失了。

怎能知道谁是对的呢？

"但是，要高兴，高兴去吧！……"

伊凡的回去，华西理和母亲都很喜欢。然而母亲又照例地唠叨起来：

"打仗打厌了吗？没有打破了头，恭喜恭喜。可是，等着吧，不久就会打破的啊。人们在谈论你哩，说和布尔乔亚在一起。等着吧，看怎样。等着就是了。"

"哪，好了，好了，母亲。"华西理劝阻她，说，"还是赶快弄点吃的东西来吧。"

母亲去打点食物的时候，伊凡就躺在床上，立刻打鼾了。

"喂，不要睡！"华西理叫道，"还是先吃饱着。"

他走到伊凡的旁边，去推他，但伊凡却仍然在打鼾。

"睡着了？"母亲问道。

"睡着了。"

"但是，叫他起来吧，吃点东西好。"

华西理去摇伊凡的肩头，摸他的脸，一动也不动。

"叫了醒来也还是不行的。让他睡着吧。"

"唔，乏极了哩。"母亲已经用了温和的声音说话了，于是离开卧床，叹了一口气。

伊凡一直睡到次日的早晨，从早晨又睡到晚，从晚上又睡到第二天，尽是睡。醒来之后，默默地吃过东西，默默地整好衣服，便到市街上去了。

睡了很久，力气是恢复过来了，而不安之念却没有去。他在毁坏到不成样子了的市街上彷徨，倾听着群众的谈话，一直到傍晚。人们聚得最多的，是尼启德门的附近，在那地方，延烧了的房屋恰如罗马的大剧场一般站着，仿佛即刻就要倒塌下来似的。

伊凡被好奇心所唆使，走进那曾经有过猛烈的战斗，现在是在平静的街角上的房屋了的广庭里面去观看。庭院已经略加收拾，不见了义勇兵曾在那后面躲过的箱。门前的障栅是拆掉了，而那尘芥箱却依然放在角落里——放得仍如战斗当时那样，被枪弹打到像一个蜂窠。

伊凡走近那尘芥箱去。在这里，是他用刺刀刺死了工人的。

伊凡站住一想，那工人的模样，就颇为清楚地浮现出来了。

短小的、有着发红的胡子的工人，活着似的站在他面前。歪着嘴唇，张着嘴——发了可怕的嘶嘎的声音的嘴——的情景，也历历记了起来。

连那工人那时想避掉枪刺，用手抓住了伊凡所拿的枪身的事，也都记得了。

"是不愿意死的啊。"他想。

他在沉思着，但想要壮壮自己的气，便哼地笑了一声，而脖子和项窝上，忽而森森然传来了难堪的冷气。他向墙壁——那件可怕的事情的证明者——瞥了一眼，就走出了广庭。

进这讨厌的广庭去，是错的。伊凡走在街上的时候，就分明地省悟了这一点的，然而被杀的工人却总是跟定他的脚踪，无论到哪里，都在眼前隐现。

这很奇怪：到了刺杀以后已经过了几天的此刻，而那时的一部分，却还时时浮到眼前来。其实，是在交战的瞬息间，这些的一部分，原已无意识地深印在脑里了的，到了现在，却经由意识而显现了。那工人的磨破了的外套，挂着线条的袖子，还有刺刀一刺之际，抓住了枪身的大大的手——凡这些，都记起来了。唉，那手！那是满是泥污的、很大的——工人的手。

一想起那只手，伊凡便打了一个寒噤。不知道为什么，眼睛、脸、叫喊、嘶声，都不是什么大事情，而特别要紧的，却是那工人的大的手。

回想着做过了的一件错事的时候，则逼窄的焦灼的心情，深伏在心坎里的事，是常有的。这心情被拉长、被挤弯，终于成为近于隐痛的心情，无论要做什么、想什么，这样的心情就一定缠绕着。记起了死了的工人的手的伊凡的心情，便正是这东西了。后来还有加无已，火一般烧了起来，伊凡终于沉在无底的忧愁里了。该当诅咒的工人！

"倘若我不用刺刀去杀他，我就给他杀掉了的。"伊凡自解道，"两不相下：不是他杀我，就是我杀他。何必事后来懊恼呢？唔，杀了，唔，这就完了。"

他将两手一挥，仿佛心满意足的人似的，取了自由的态度。

在大门的耳门那里，耶司排司显着忧郁的脸相，带着厉害的咳嗽，正和他相遇。

"不行呢，伊凡·那札力支，不行。"

"什么是不行呀？"

"我去看过了——旧的东西打得一塌糊涂，寺院真不知毁掉了几所……唔？这要成什么样子呀？是我们的灭亡吧。唔？"

"是的，不行。"

"听到了吗？亚庚·彼得罗微支回来了，我带来的。"

"那个亚庚·彼得罗微支？"

"哪，就是那个亚庚，机织女工的儿子。"

"受伤了？"

"怎么受伤？死了。我好容易才认出他来的。唉唉，母亲是悲伤得很。听见吧？"

伊凡倾耳一听。

从角落上的屋子里，传来着呻吟的声音。

"在哭吧？"

"在号啕啊。拔下头发来，衣服撕得粉碎……女人们围起来，在浇冷水那样的大乱子。可怜得很。"

耶司排司顺下眼去，不作声了。

"这是无怪的，独个的儿子。希望他，养大他，一眼也不离开他……然而竟是这模样。"他又补足道，"倒了运了，真没有法子。"

伊凡不懂他在说什么。

"但还有……还有谁死掉了吧？"

"自然呀。普罗呵罗夫斯卡耶纺纱厂的工人三个和机器工人一个给打死了。死的还很多哪，在准备公共来行葬式哩。"

耶司排司还在想讲什么事，但伊凡已经不要听了。

"亚庚，亚庚谟加！……谁打死了他呢？自己所放的枪弹，打死了他也说不定的，是不是？"

这样一想，好不怕人。

对于人生有着坚固的信念的、刚强的他，一起这无聊的琐屑的思想，也不禁忽而悄然战栗起来。

"是怎样的恶鬼啊！"

他茫然若失，又觉到可怕的疲劳了。

谁是对的？

夜间不能成寐，有时昏昏然，有时沉在剧烈的思索里。不知怎的，伊凡终于疑心起来，好像母亲、华西理、耶司排司，全寓里的人们，都在以他为亚庚之死的凶手了。

这亚庚是蠢材。这样的小鬼也到战场上去吗？……唉……

而且为了这乳臭小儿的事，全寓里都在哀伤，也觉得讨厌起来了。夜里，伊凡想看一看死人，走近机织女工的屋子去，但听到了呻吟声，于是转身便走，只是独自在昏暗的广庭里彷徨。完全沉郁了，沉重的思想铅似的压着他的心。

"谁是对的呢？"他问着自己，而寻不出一个答复。

夜静且冷，雾气正浓。市街上起了乱射击，但那是还在发现了反革命者的红军所放的。伊凡一面听着这枪声，一面许多工夫想着降在自己身上的不幸。

伊凡抱着淹在水里的人似的心情，又彷徨了两天。

到处是工人们在作葬式的准备，开会，募集花圈的费用。在会场上，则公然称社会革命党员为奸细，骂詈他们的行为。

伊凡不往工厂，也不吃东西，和谁也不说话，只是支挣着在市街上徘徊，好像在寻求休息的处所。

葬式的前一晚，伊凡往市街上去了。

一到夜，大街照例就空虚起来。雾气深浓，街灯不点，听到街尾方面，不知哪里在黑暗中有着猛烈的枪声。

伊凡在戈尔巴德桥上站住了。为什么？只是不知不觉地站住了。原也不到哪里去。他能离开自己吗？没有地方去？雾气深浓……什么也看不见。

伊凡站了许多时，倾听着远处的枪声和市街的沉默。市街是多么变换了啊！

有人在雾中走过，形相消失了，只反响着足音。这之际，忽然想到那刺杀了的工人了。在雾中走过的，仿佛就是他，但这是决不会的。因为那工人已经在生锈的尘芥箱后面，两脚蹬着地上的泥土，死掉了。他想起了这可诅咒的死亡的鲜活的种种的琐事，感到了刺进肉里去的刺刀的窒碍的声音。那是一种令人觉得嫌忌的声音。两眼一闭，那工人因为想从刺刀脱出，弯着脊梁，用做工做得难看了的两手抓住了枪身的形相，也分明看见了。

在先前，是于一切事情都不留意，都不了然的。一切都迅速地团团回旋，并没有思索、感得、回忆的余裕。

但到了过去了的现在，一切却都了然起来，被杀在尘芥箱后的工人的形相，在伊凡的脑里分明地出现了。那时候，从伊凡的肩头到肘膊，是筋肉条条突起的——因为要刺人，就必须重击，在枪刺上用力。

又有人在雾中走过去，是肩着枪的人，影子立刻不见了。那工人，也是肩着枪，向尼启德门方面去，于是躲在尘芥箱后，开手射击了的……

许多工夫，伊凡烦闷着什么似的在回想。

哦，是的！那时候可曾有雾呢？

他回想着，不禁浑身紧张了。

且住，且住，且住！在沿着列树路跑过去的时候……曾有雾吗？有的？不错，有的！

现在伊凡回想起来：那时候，屋顶上是有机关枪声的，应该看见机关枪，然而没有见，给雾气所遮蔽了。有的，有雾！

鬼！

用两只圆圆的大眼睛，那时是凝视了的，现在却一直钻进伊凡的心坎里来了。

雾。忧愁里的市街。黑暗在逼来。黑暗。

伊凡且抖且喘，回转身就跑。

这晚上和夜里，在伊凡是可怕的。汗将小衫黏在身体上，整夜发着抖。苍白的阴郁的他，使母亲和兄弟担着忧，只在房子里走来走去……点灯的时候，在屋角的椅子近旁的浓浓的影子，好像在动弹。伊凡于是坐在墙边的长椅上，搁起两只脚，想就这样地直到明天的早上了。

错了！

　　早上，葬式开始了。然而寺院的钟，不复撞出悲音，母亲们也并不因战死者而啼哭，也没有看见黑色的丧章的旗。一切全是红的，辉煌，活泼，有美丽的花圈，听到雄赳赳的革命歌。孩子们、男女工人和兵士们，整然地排了队伍进行，在青年女人的手中，灿烂着红纸或红带制成的华丽的花束。队伍前面，则有一群女子，运着一个花圈，上系红色飘带，题着这样的句子：

　　"死于获得自由的斗争的勇士万岁。"

　　从普罗呵罗夫斯卡耶工厂，运出三具红色灵柩，向巴理夏耶·普列思那来。工人的大集团，执着红旗，背着枪，在柩的前后行进。"你们做了决战的牺牲……"的歌，虽然调子不整齐，但强有力地震动了集团头上的空气，并且合着歌的节拍，如泣如诉地奏起幽静的音乐来。

苦于失眠之夜的疲乏的伊凡，在葬式的队伍还未出发之前，便从家里走出，毫无目的地在市街上彷徨了。

一切街道，都神经地肃静起来：电车不走了，马车也只偶然看见，店铺的大门从早晨以来就没有开。市街屏了呼吸，在静候这葬式的队伍的经过。秋的灰色的天空，是冰冷地包着不动的云。

伊凡过了卡孟斯基桥，顺着列树路，向札木斯克伏莱支去，在波良加，遇到了红色柩和队伍。大街上满是人，麇集将伊凡挤到木栅边去，不能再走，他便等在那里看热闹了。

挂着噼啪噼啪地在骨立的瘦马的肚子上敲打的长剑的骠骑红军和民众做先驱；后面跟着一队捏好步枪的红军，好像准备着在街角会遇到袭击；再后面，离开一点，走着手拿红旗和花圈的男女工人们。旗的数目很多，简直像树林一样，有大的、有小的，有大红的、有淡红的，处处也夹着无政府主义者的黑旗。队伍的人们，和了军乐队的演奏，唱着葬式的行进曲，通红的柩在乌黑的队伍的头上，一摇一摇地过去了。

伊凡定睛一看，只见队伍的大半，是青年们，也有壮年，竟也夹着老人。大家都脱了帽子，显着诚恳的脸相在走，一齐虔敬地唱着歌。

红色柩在旗帜和枪刺之间摇动，红军沿着左右两侧前行。歌声像要停止了，而忽然复起，唱着叫喊一般的《马赛曲》、喧嚣的《伐尔赛凡曲》以及舒徐的凄凉调子的挽歌。女人们的声音，响得劈耳。

此后接着是红军——背着上了刺刀的枪的工人数千名。

这一天，布尔什维克是一空了莫斯科兵工厂，将所有的工人全都武装起来了。

现在，在数千人的队伍的头上，突出着枪和枪刺，恰如树林的梢头。而队伍中的工人，则仿佛节日那天一样，穿了最好看的衣装，行列整然地在前进……

被人波打在壁下的伊凡，饕餮似的目不转睛地注视着行列。

就是他们。在前进。伊凡曾经决意和他们共同生活，为此不妨拼出性命的那工人……在前进。

然而，他，他伊凡却被拉开了。许多许多的这大集团，宛然一大家族似的在合着步调前进，而曾以莫斯科全区的工人团体的首领自居的他，伊凡·彼得略夫，却站在路边，好像旁人或敌人一样，旁观着他们。

但是，无疑的，他是敌人。暴动的那天，他恐怕就射击了现在跟在灵柩后面走着的这些工人们的吧？也许，躺在这灵柩里面者，说不定就正是他所枪杀的？！

伊凡思绪纷乱，觉得晕眩了，不自觉地闭了眼……回想起来，当他空想着关于世界的变动的时候，描在他那脑里的光景就正是现在眼前所见那样的东西。万余的工人，肩着枪，走到街头来。这是难以压倒的军队！

而现在就在眼前走，这样的工人们。

他们在唱歌。子弹装好了，枪刺上好了，皇帝在西伯利亚，布尔乔亚阶级被打得粉碎了，民众砍断了铁链子，在向着"自由"前进……

伊凡苦痛得呻吟起来，切着牙齿。

"呜，鬼！……错了!! ……"

葬式的队伍一走完，他便回转身，向家里疾走。因为着急，走得快到几乎喘不过气来，愈快愈好。会寻到出路，修正错误的吧。回了家的他，便从床下的有锁的箱子里取出勃朗宁手枪来，走向瓦喀尼珂伏坟地，就在亚庚的坟的近旁，将子弹打进自己的太阳穴里去了。在阒无一人的坟地里的枪声，是萎靡而微弱的。

两礼拜过去了。

市街以惊人的速度恢复了可怕的战斗的伤痕。到处在修理毁坏的门窗、打通的屋顶和墙壁、倒掉的栅栏，工人的群拿出尖锄和铲子来，弄平了掘过壕堑的街街巷巷的地面。

人们仿佛被踏坏了巢穴的蚂蚁似的，四处纷纷地在工作。

据正在战斗时候的话，则因为莫斯科没有玻璃，此后三年间，被射击所毁的窗户，是恐怕不能修复的。

然而第二个礼拜一完，还是破着的窗玻璃就几乎看不到了。

人们发挥了足以惊异的生活能力了。

只有克里姆林依然封锁起来，和那些不成样子的窗和塔，都还是破坏当时的模样。

而在普列思那的旧屋子里，也还剩下着哀愁。

后记

作者的名姓，如果写全，是 Aleksandr Stepanovitch Yakovlev。第一字是名；第二字是父名，义云"斯台班的儿子"；第三字才是姓。自传上不记所写的年月，但这最先载在理定所编的《文学的俄罗斯》(*Vladimir Lidin: Literaturnaya Russiya*) 第一卷上，于一九二四年出版，那么，至迟是这一年所写的了。一九二八年在莫斯科印行的《作家传》(*Pisateli*) 中，雅各武莱夫的自传也还是这一篇，但增深了著作目录：从一九二三至一九二八年，已出版的计二十五种。

俄国在战时共产主义时代，因为物质的缺乏和生活的艰难，在文艺也是受难的时代。待到一九二一年施行了新经济政策，文艺界遂又活泼起来。这时成绩最著的，是瓦浪斯基在杂志《赤色新地》所拥护，而托罗兹基首先给以一个指明特色的名目的"同路人"。

"同路人"们的出现的表面上的日子，也可以将"绥拉比翁的弟兄"于一九二一年二月一日同在"列宁格勒的艺术之家"里的第一回会议，算进里面去。（中略。）在本质上，这团体在直接的意义上是并没有表示任何的流派和倾向的。结合着"弟兄"们者，是关于自由的艺术的思想，无论是怎样的东西，凡有计划，他们都是反对者。倘要说他们也有了纲领，那么，那就在一切纲领的否定。将这表现得最为清楚的，是淑雪兼珂（M. Zoshchenko）："从党员的见地来看，我是没有主义的人。那就好。叫我自己来讲自己，则——我既不是共产主义者，也不是社会革命党员，又不是帝政主义者。我只是俄罗斯人。而且，政治地，是不道德的人。在大体的规模上，布尔什维克于我最相近。我也赞成和布尔什维克们来施行布尔什维主义。（中略）我爱那农民的俄罗斯。"

一切"弟兄"的纲领，那本质就是这样的东西。他们用某种形式，表现对于革命的无政府的，乃至巴尔底山（袭击队）的要素（Moment）的同情，以及对于革命的组织的计划的建设的要素的那否定的态度。（P. S. Kogan：《伟大的十年的文学》第四章）

《十月》的作者雅各武莱夫，便是这"绥拉比翁的弟兄"们中的一个。

但是，如这团体的名称所显示，虽然取霍夫曼（Th. A. Hoffmann）的小说之名，而其取义，却并非以绥拉比翁为师，乃在恰如他的那些弟兄们一般，各自有其不同的态度。所以各人在那"没有纲领"这一个纲领之下，内容形式又各不同。例如先已不同、现在愈加不同了的伊凡诺夫（Vsevolod Ivanov）和毕力涅克（Boris Pilniak）先前就都是这团体中的一分子。

至于雅各武莱夫，则艺术的基调，全在博爱与良心，而且很是宗教的，有时竟至于佩服教会。他以农民为人类正义与良心的最高的保持者，唯他们才将全世界联结于友爱的精神。将这见解具体化了的，是短篇小说《农夫》，其中描写着"人类的良心"的胜利。我曾将这译载在去年的《大众文艺》上，但正只为这一个题目和作者的国籍，连广告也被上海的报馆所拒绝，作者的高洁的空想，至少在中国的有些处所是分明碰壁了。

《十月》是一九二三年之作，算是他的代表作品，并且表示了较有进步的观念形态的。但其中的人物，没有一个是铁的意志的革命家。亚庚临时加入，大半因为好玩，而结果却在后半大大地展开了他母亲在旧房子里的无可挽救的哀惨。这些处所，要令人记起安特莱夫（L. Andreev）的《老屋》[1] 来，较为平静而勇敢的倒是那些无名的水兵和兵士们，但他们又什九由于先前的训练。

然而，那用了加入白军和终于彷徨着的青年（伊凡及华西理）的主观，来述十月革命的巷战情形之处，是显示着电影式的结构和描写法的清新的，虽然临末的几句光明之辞，并不足以掩盖通篇的

[1] 按应为梭罗古勃（F. Sologub）。——编者

阴郁的绝望的氛围。然而革命之时，情形复杂，作者本身所属的阶级和思想感情，固然使他不能写出更进于此的东西，而或时或处的革命，大约也不能说绝无这样的情景。本书所写，大抵是莫斯科的普列思那街的人们。要知道在别样的环境里的别样的思想感情，我以为自然别有法兑耶夫（A. Fadeev）的《溃灭》在。

他的现在的生活，我不知道。日本的黑田乙吉曾经和他会面，写了一点"印象"，可以略略窥见他之为人：

> 最初，我和他是在"赫尔岑之家"里会见的，但既在许多人们之中，雅各武莱夫又不是会出风头的性质的人，所以没有多说话。第二回会面是在理定的家里。从此以后，我便喜欢他了。
>
> 他在自叙传上写着：父亲是染色工，父家的亲属都是农奴，母家的亲属是伏尔加的船伙，父和祖父母，是不能看书，也不能写字的。会面了一看，诚然，他给人以生于大俄罗斯的"黑土"中的印象，"素朴"这字，即可就此嵌在他那里的。但又不流于粗豪，平静镇定，是一个连大声也不发的典型"以农奴为祖先的现代俄罗斯的新的知识者"。
>
> 一看那以莫斯科的十月革命为题材的小说《十月》，大约就不妨说，他的一切作品，是叙述着他所生长的伏尔加河下流地方的生活，尤其是那社会的以及经济的特色的。
>
> 听说雅各武莱夫每天早上五点钟光景便起床，清洁了身体，静静地诵过经文之后，这才动手来创作。睡早觉，是向来

几乎算了一种俄国的知识阶级，尤其是文学家的资格的，然而他却是非常改变了的人。记得在理定的家里，他也没有喝一点酒。(《新兴文学》第五号，1928)

他的父亲的职业，我所译的《自传》据日本尾濑敬止的《文艺战线》所载重译，是"油漆匠"，这里却道是"染色工"。原文用罗马字拼起音来，是"Ochez - Mal'Yar"，我不知道谁算译的正确。

这书的底本，是日本井田孝平的原译，前年，东京南宋书院出版，为《世界社会主义文学丛书》的第四篇。达夫先生去年编《大众文艺》，征集稿件，便译了几章，登在那上面，后来他中止编辑，我也就中止翻译了。直到今年夏末，这才在一间玻璃门的房子里，将它译完。其时曹靖华君寄给我一本原文，是《罗曼杂志》(Roman Gazeta) 之一，但我没有比照的学力，只将日译本上所无的每章标题添上，分章之处也照原本改正，眉目总算较为清楚了。

还有一点赘语：
第一，这一本小说并非普罗列泰利亚的作品。在苏联先前并未禁止，现在也还在通行，所以我们的大学教授拾了侨俄的唾余，说那边在用马克思学说掂斤估两，多也不是，少也不是，是夸张的，其实倒是他们要将这作为口实，自己来掂斤估两。有些"象牙塔"里的文学家于这些话偏会听到，弄得脸色发白，再来遥发宣言，也实在冤枉得很的。

第二，俄国还有一个雅各武莱夫，作《蒲力汗诺夫论》的，是列宁格勒国立艺术大学的助教，马克思主义文学的理论家，姓氏虽同，却并非这《十月》的作者。此外，姓雅各武莱夫的，自然还很多。

但是，一切"同路人"，也并非同走了若干路程之后，就从此永远全数在半空中翱翔的，在社会主义的建设的中途，一定要发生离合变化。珂干在《伟大的十年的文学》中说：

> 所谓"同路人"们的文学，和这（无产者文学），是成就了另一条路了。他们是从文学向生活去的，从那有自立的价值的技术出发。他们首先第一，将革命看作艺术作品的题材。他们明明白白，宣言自己是一切倾向性的敌人，并且想定了与这倾向之如何并无关系的作家们的自由的共和国。其实，这些"纯粹"的文学主义者们，是终于也不能不拉进在一切战线上、沸腾着的斗争里面去了的，于是就参加了斗争。到了最初的十年之将终，从革命底实生活进向文学的无产者作家，与从文学进向革命底实生活的"同路人"们，两相合流，在十年之终，而有形成苏维埃作家联盟，使一切团体都可以一同加入的雄大的企图来作纪念，这是毫不足异的。

关于"同路人"文学的过去，以及现在全般的状况，我想，这就说得很简括而明白了。

一九三〇年八月三十日，译者

"俄苏文学经典译著·长篇小说"书目

沙宁　　[苏联] 阿尔志跋绥夫 著 / 郑振铎 译

罗亭　　[俄国] 屠格涅夫 著 / 陆蠡 译

少年　　[俄国] 陀思妥耶夫斯基 著 / 耿济之 译

死屋手记　　[俄国] 陀思妥耶夫斯基 著 / 耿济之 译

罪与罚　　[俄国] 陀思妥耶夫斯基 著 / 汪炳琨 译

卡拉马佐夫兄弟　　[俄国] 陀思妥耶夫斯基 著 / 耿济之 译

白痴　　[俄国] 陀思妥耶夫斯基 著 / 耿济之 译

铁流　　[苏联] 绥拉菲莫维奇 著 / 曹靖华 译

父与子　　[俄国] 屠格涅夫 著 / 耿济之 译

处女地　　[俄国] 屠格涅夫 著 / 巴金 译

前夜　　[俄国] 屠格涅夫 著 / 丽尼 译

虹　　[苏联] 瓦西列夫斯卡娅 著 / 曹靖华 译

保卫察里津　　[俄国] 阿·托尔斯泰 著 / 曹靖华 译

静静的顿河　　[苏联] 肖洛霍夫 著 / 金人 译

死魂灵　　[俄国] 果戈里 著 / 鲁迅 译

城与年　　[苏联] 斐定 著 / 曹靖华 译

钢铁是怎样炼成的　　[苏联] 奥斯特洛夫斯基 著 / 梅益 译

诸神复活　　[俄国] 梅勒什可夫斯基 著 / 郑超麟 译

战争与和平　　[俄国] 列夫·托尔斯泰 著 / 郭沫若　高植 译

人民是不朽的　　[苏联] 格罗斯曼 著 / 茅盾 译

孤独　　[苏联] 维尔塔 著 / 冯夷 译

爱的分野　　[苏联] 罗曼诺夫 著 / 蒋光慈　陈情 译

地下室手记　　　[俄国] 陀思妥耶夫斯基 著／洪灵菲 译

赌徒　　[俄国] 陀思妥耶夫斯基 著／洪灵菲 译

盗用公款的人们　　　[苏联] 卡泰耶夫 著／小莹 译

在人间　　　[苏联] 高尔基 著／王季愚 译

我的大学　　　[苏联] 高尔基 著／杜畏之　萼心 译

赤恋　　[苏联] 柯伦泰 著／温生民 译

夏伯阳　　　[苏联] 富曼诺夫 著／郭定一 译

被开垦的处女地　　　[苏联] 肖洛霍夫 著／立波 译

大学生私生活　　　[苏联] 顾米列夫斯基 著／周起应　立波 译

奥尼金　　[俄国] 普希金 著／甦夫 译

盲乐师　　[俄国] 柯罗连科 著／张亚权 译

家事　　[苏联] 高尔基 著／耿济之 译

我的童年　　　[苏联] 高尔基 著／姚蓬子 译

贵族之家　　　[俄国] 屠格涅夫 著／丽尼 译

毁灭　　[苏联] 法捷耶夫 著／鲁迅 译

十月　　[苏联] A. 雅各武莱夫 著／鲁迅 译

安娜·卡列尼娜　　　[俄国] 列夫·托尔斯泰 著／周笕　罗稷南 译

克里·萨木金的一生　　　[苏联] 高尔基 著／罗稷南 译

对马　　[苏联] 普里波伊 著／梅益 译

暴风雨所诞生的　　　[苏联] 奥斯特洛夫斯基 著／王语今　孙广英 译

猎人日记　　　[俄国] 屠格涅夫 著／耿济之 译

上尉的女儿　　　[俄国] 普希金 著／孙用 译

被侮辱与被损害的　　　[俄国] 陀思妥耶夫斯基 著／李霁野 译

复活　　[俄国] 列夫·托尔斯泰 著／高植 译

幼年·少年·青年　　　[俄国] 列夫·托尔斯泰 著／高植 译

烟　　[俄国] 屠格涅夫 著／陆蠡 译

母亲　　[苏联] 高尔基 著／沈端先 译